『ね。』

橋本冬也
Touya Hashimoto

文芸社

「自転車に乗れない少年・・・」

毎日同じ時間が流れ、何も変わらない日々が続いている。
僕の名は、「純（じゅん）」　中学１年生

僕は未だ自転車に乗れない・・・
何故なら、僕の家には自転車を買えるだけのお金が無いからだ・・・
友達は皆、僕をバカにする・・・
そして、何処に行く時も自転車に乗って
移動する・・・。
僕は、いつも除け者だ・・。

そんな僕の家に、母の兄（叔父）から「自転車」が届いた・・・
自転車は、世間で言う所の「ママちゃり」と言う奴だった・・
その自転車が来てから、毎日、毎日
練習をしたけれど・・・
何故か、自転車に乗る事が出来ない・・・
皆どうやって、自転車に乗れるようになったんだろう？
そんな疑問を抱いていると、叔父が僕の背中を
「ポン！」と叩き「純、練習だ」
と言ってくれた・・・

それから３日後、僕は自転車に乗れるように
なっていた・・・
自転車に乗りながら周囲を見て見ると・・
見る物全てが今までと違って見える・・・。

毎日同じ時間が流れ、何も変わらない日々が続いて
いたあの頃と、今が少しだけ違うとしたら・・・
一歩前へ進んだ事！　そして、夢が叶った事！

他人から見れば小さな一歩なのかも知れない・・・
でも、僕にとっては「大きな一歩」なのだ！

人は、「好奇心と努力」を惜しんではならない！
僕はその事を、身を持って実感した。

明日は、どんな事が起きるのだろう・・・
今から楽しみだ・・・

最近、日に日に物忘れが激しくなって
行く・・・

「夢、理想・・・」

私の名は、「幸太郎（こうたろう）61歳」
ごく平凡な毎日の中、私は夢や理想を
追い求めていた・・・
そんな中、ふと後ろを振り返って見ると・・・
私は、大切な者を失った事に気が付いた・・・
それは、空気の様な存在で、いつも私の背中を
温かい手で押してくれた妻の事だった・・・

妻が亡くなり、早１年・・・
夢や理想を追い求めていた頃の私には
妻が、重荷の様に思えてならなかった・・・
しかし、今から過去の事を振り返って見ると・・・
夢や理想は、そこに有ったのだ・・・

ささやかな幸せの中で、平凡な日々を過ごして
いると・・・
その幸せは、幸せだと思えなくなって来る・・・
だからこそ、妻の居たあの頃に、戻りたいと
願うのかもしれない・・

私達夫婦の間に、会話らしい会話は無かったが
側にいられるだけで、それだけで良かった・・・
多くを語らずとも、気持ちが通い合い
意志が伝わる・・・
それが夫婦なのだと、今更の様に思う・・・

あの頃は良かった・・・
あの頃に戻りたい・・・

この１年、そんな事ばかり考えていた・・・
しかし、今は違う・・・
「前へ進もう」と決めたのだ！

苦悩の末に、悲しみや苦しみが有るのなら
その度に「笑い飛ばしてやる！」

ココから先・・・
年を重ねる度に友が死に行く・・・
それが私達老人（おいびと）の未来だと言うのなら
最後の一人になろうとも、笑みを忘れず
笑い飛ばして見せる！
私の生きている意味が、そこに有ると信じて・・・

見栄やプライドを盾にして、世の中を
生きている親達に限って
子供の事なら、何でもわかっていると
思い込む・・・

「親なんて大嫌い！」

私の名前は、「久美子（くみこ）」　高校３年生
私の親は、私の事なら何でもわかっていると言うけれど、そう思われている事自体を重たいと感じ悩み、苦しんでいる子供達の姿に気付く事無く自分の果たせなかった夢や理想を、我が子に託す！
その無責任な行動が、私達を狂わせて行くとも知らず、平然とした笑みで、日常を送る・・

その姿を見た時、私には今の親世代全てが
流れ主義を第一に捕らえながら
生きているようにしか思えなかった・・・

「なるようになる・・・」

この考え方で、一体なにが分かると言うのか？
私は、親の口から出た言葉全てが偽りの様に思う・・・
その場しのぎの偽りの言葉・・・

見栄やプライドだけで、世の中を生きてきた代償と

して、無意識の内に、行動に出ている事にすら
気が付いていない・・・
そんな親に、私の全てなんて知られたくない！
だから、自分自身を心の奥底に隠しておくの・・・
それを見つけ出せた時に
始めて親だと認める・・・
そう思っている私の心とは裏腹に
親は無責任な行動を取り続ける・・・

先日も、「ガンバレ！」と言われた・・・
親としては、何気なく応援したつもりなんだろうけど、これは応援では無く、プレッシャ〜と言うのではないですか？
そんな、簡単な事にも気付かないで、自分勝手に
自己満足感を得て微笑む・・・
その姿を見る度に、私は思う・・・

「言葉の重さを理解していない」と・・・

何故親は無責任な言葉を、平然として言う事が
出来るのだろう？
「ガンバっている者」に対して、「ガンバレ」と言う
言葉を使えば、その言葉が意味しているものは

こうなる・・・。

「今現在出来る精一杯の努力より」
「まだ上を目指せ！」

それだけの事を言うからには、親が先に手本に
なるべきだと思う・・・
そのような行動は一切無く、ただ、口先だけで
応援する・・・
言ってる事と、やってる事の「ギャップ差」に
私は押し潰されそうになり、それを無理やり
我慢していると、私の中の何処かで「プツッ！」っと
何かが切れる・・・

それから数年、私は己の中で「葛藤（かっとう）」
を繰り広げる事となり、やがて自分自身の中で
ふと「割り切れる時」が来るが、その時は
私が完全に心を閉ざした時であり
両親の名を呼ぶ事を止めた時でもある・・・

「おとうさん、おかあさん」と言う言葉が
家庭内から姿を消した事で、両親は一層激しく
私を罵倒し始める・・・

そんな環境の中で、時が経過すればする程
膨大な傷を抱え、対処不能に陥（おちい）り
そして、「修復不能」と言う名の元に
私達は、自らの手で心の扉を押し開き
自分諸共（もろとも）、閉じ込めてしまう・・・。

だから私は・・・
これから先もずっと
「親の名」を呼ぶ事は無いだろう・・・
自己崩壊寸前の自分を押さえ込む為の
「唯一の手段として」、心を閉ざす事を
選んだのだから・・・

大きく別れた２つの道・・・

「決断・・・」

生きていれば、いつか必ず決断を
しなければならない時が来る・・・

私の名前は、「洋二（ようじ）55歳」
この年になっても、決断と言うものは
来る訳で・・・
突然、私の目の前に現れ
まるで私が困っているのを楽しんでいるかの様に
あざ笑い、邪魔をする・・・

そう思いながら、苦悩に苦悩を重ね
決断をした者は、皆真剣に生きている・・・
しかし、その決断に悔いや後悔が無かった訳では
無い・・
自分の下した決断に
絶対の自信を持っている者などいない！
だからこそ人は、悩み、苦しむ・・・

大いに悩み、大いに苦しむ事・・・
それが、決断への答えを形作って行く事に

繋がるのだと思う・・・
だから私は、決断を人生最大のパズルなのだと
捕らえている・・・・

パズルと言う物は、解いてやろうと言う気持ちさえ
有れば絶対に解ける・・・。
ただ、その先に何が待っているのか？　と言う事も
知る事になるが、この世にリスクの無い戦いなど
無い！
常にリスクと言う物が、自分と背中合わせに
立っている・・・
そして、自分の背中で微笑んでいる。

私はコレを、「死神」と表現する！

私には、まだ答えが出せる！
いや、答えは絶対に出さなければいけない・・・
それが出来なくなった時に、人は迷い、苦しみ
死へと向かって行くのだろう・・
逆に考えれば、答えが出せる内は
笑顔で笑っていられると言う事になる。

「人は、笑顔が出せる内は絶対に死なない・・・」

だからこそ・・・
笑えない時も、精一杯笑って生きて行こう・・・

苦悩の影には、必ず笑顔が待っているのだから・・

真用（しんもち）いて抱く
恨む心と共に・・

「少年犯罪・・・」

何気ない日常が、一夜にして地獄と化し
残された者の心に、業火の念を灯（とも）す。

僕の名前は、「信幸（のぶゆき）23歳」　宣伝業
最近、テレビで少年犯罪に関する報道を
良く耳にする。
しかし、僕は全ての少年がそんな事をしている訳
では無いと、そう信じていた・・・

「あの事件が起こるまでは・・・」

先日、7、8名の少年グル～プが、僕の家に
強盗目的で押し入り、母と兄に暴行を加え
生涯消えぬ傷を残して行った・・・
それから数時間後、帰宅した僕の目に映り込んだ
その光景は・・・
暗い室内に、父同様に壊れ、笑い狂う母の姿と
負傷し、なおも硬く握り締められた拳（こぶし）が
小刻みに震える事で、怒り、憎しみに支配された
兄の姿だった・・・。

僕がその光景を目にした時、真っ暗な部屋の中で
笑い狂いながら母が一言の言葉を放った・・・
その言葉を聞き、兄がテレビのブラウン管に一撃を
加え、荒々しい息使いと共に、無言のままうつむき
下唇を噛み締めながら、怒りを堪えていた・・・。

僕は、生まれて初めて、冷静さを欠落させた
兄の姿を見た・・・。
それは、今までに無い程の威圧感を放ち
怖いと思う程の殺意を漂（ただよ）わせて
いた・・・。

そう思いながら、母が言い放つ
言葉に耳を傾ける・・・

お母さんね、お父さんと同じになるの。
分かるのよ。
自分が壊れて行くの。
今なら、お父さんの気持ちが分かるわ。
だから思うのかしら・・・

今の子供って、ゴミ以下ね・・・。

母は、僕達２人にそう言い放つと
笑いながら台所へ行き、包丁を片手に
ふすまを切り裂いていた・・・。
しばらくして、警察による指紋鑑定が行われ
その結果、近くに住む17歳の少年グル～プによる
強盗目的の犯行だと言う事が判明した。

その事実を知らされた時、僕は・・この生涯を掛けて、彼らと渡り合おうと決意した・・・。
そして、怒り任せに壊れ始めた僕は
兄に止められるまでの間、不気味な笑みを浮かべ
微笑んでいたと言う・・。

人は、恨む心と共に、愚かな思考を用いて
殺戮（さつりく）を繰り返し、他の者の逆鱗
（げきりん）に触れる事で、新たなる殺意を
駆り立てる・・・。

僕が、怒りと共に自我を失い掛けた時
是が非でも起こしたかった行動・・・
それは、こう言うものだった・・・。

今の少年少女には、自分の居場所が無いらしい。
ならば、私が本当の居場所の無さとは何たるかを
少年少女諸君に教えてあげようじゃないか・・・。
実社会に足を踏み入れてもいないガキ達（ども）に
大人の怖さを教えてやるよ・・・。

心底、居場所が無いって、そう感じる事の
恐怖を知れば、少しは人の痛みが分かるだろ？

自分は傷付きたく無いけど、相手は傷付いても
いい・・
諸君がそう考えるのなら、私が刃（やいば）となり
孤独の一途（いっと）を辿（たど）らせて
やろう・・。

辛いとか、苦しいとか、そんな次元を遥かに凌駕
（りょうが）し、頼れる者は無しと言う
そんな孤独の恐怖を知るがいい！
お前らの為出（しで）かした軽はずみな行動が
どれだけの反動になるのか？
それを、俺が教えてやるよ・・・。

もしも、この言葉が実行に移されていたなら

今、僕はどうなっていたのだろう・・・
そう考える事で、己を見失う事の怖さを知った。

怒る心を一とし、憎しむ心を二とし
周りが見えなくなる事で、冷静さの欠落を招く！
そして、人は己の非力さを知る事で
過去の愚かさを悔いる事となる。

あの時、僕が犯罪に手を染めなかった理由・・・
それは、兄が言い放った、この一言の言葉に
あった・・・。

信・・・
何をするつもりだ？
どうせ、ガキ達の両親を殺す程度だろ？
そんな事しても、相手の怒りを買うだけだ！

なぁ〜信・・・
もっと冷静になれ、お前も大人社会を生きたなら
分かるだろ？
何をどうする事が、あのガキ達にとって
一番辛くて、苦しい事に変わり行くのか？
それを真剣に考え、実行に移せばいいだけの

事だっ！

お前も親になれば分かると思うが
親はなっ、子供のしでかした不始末を心の底から
悔いている！
だから、そんな悔いている人を殺害しても
何の意味も無いんだ！
それどころか、お前は愚かしいガキ達以下に
なるんだぞ！　そこまで考えたか？

信・・・
悔しいのは俺も同じだっ！
だからな、兄ちゃんや母さんの気持ちが
少しでも分かるなら、弁護士になれ！
宣伝業なんか辞めて、弁護士になるんだっ！
その間、俺がお前を食わしてやる！

信・・大人なら、法に基づく制裁を求めろ！
俺もお前も、もうガキじゃないんだっ！
一人の大人なんだよ・・・

モラルを問われる、一（いち）大人なんだぞ！
だから、力任せに何かを起こすと言うような

そんな、愚かな考え方は捨てろ！

辛いとか苦しいとか、そんな気持ちは
誰もが抱いていると、そう思え！
いいな!?

この一言の言葉が無ければ、僕は確実に自分の未来
を失っていた・・。
だから思うのかもしれない、兄の言い放った言葉は
怒りさえもかき消すような、そんな
重みのある言葉だったと・・・。

もしかしたら、兄の言葉を、父の言葉のように
捕らえ、まるで父に説教をされているような
そんな、不思議な感覚を得てしまったのかも
しれない・・・
だから、今こうして、ココにいて
未来への黙視をしているのだと思う・・・。

あれから、３ヶ月・・・
僕は弁護士の資格を取るべく、寝る間も惜しんで
法を頭の中へと叩き込んでいる・・・。

今は、これが精一杯だけど、いつか、きっと・・・
僕は、弁護士になって見せる！
そして、同じ苦しみを背負う者や、背負い始めた者の力となり、死力を尽くして戦いたい！
そう思うからこそ、第一線の弁護士を目指す！

悔いる者の真意を知る、一(いち)法の代行者として他の者の怒りと憎しみを、法の元に制裁へと変えて見せる！

人の痛みを知らぬ愚かしい者達へ
悔いる時を与える為に・・・

ぬくぬく・・・

「陽の当たる場所・・・」

私の名前は、「楓（かえで）」　中学２年生
春から夏に変わる頃・・・
外は「ほんわか」と「暖かく」なる。
そんな中、今日も屋上で「う～ん」と背伸びをする。

太陽の光が心地良くて・・・
風が柔らかい・・・
そう感じられる季節は、本当に短くて・・・
一週間後には、どうなっているのか
分からない・・・
そう思う事で、今を感じる・・・

広大に広がる大地の下で
今日もぬくぬく・・・

陽の当たる場所・・・
私の大好きな場所・・・

背を張って行こう・・・。

「前進・・・」

一時の安らぎを得る事無く、一心不乱に前だけを
見て走る事により、自分の居場所を見失う・・・。
まるで、初めから居場所など何処にも無かったかの
様に時だけが、無駄な時間を刻み行く・・・。

私の名前は、「弥生（やよい）19歳」　学生
毎日何の刺激も無く、ただ同じ事を繰り返す・・
それが、いつしか当たり前の様に思え
気が付くと、笑む心を忘れていた・・・。

そんな私を見て、母が一言の言葉を発し
真剣な眼差しで微笑を傾けてくれた・・・。
その姿に後押しされ、私は再び歩みを進める事と
なる。

弥生ちゃん・・・
最近笑わなくなったね？
もしかして、今、居辛いって思ってる？
だったら、お母さんが為になる話を
してあげよう・・・。

あのね、今の子は皆、居場所が無いって
言うじゃない？
でもね、居場所だよって、はっきりとそう表現される場所なんか何処にも無いんだよね・・・

仮に、居場所を見付けたよって、そう言う人が
現れたとしても、それは一時的なレンタルに
過ぎない・・・
私はそう思うの。

今を生きていて楽しいって思える人がね
生涯楽しいまま人生を終える訳じゃ無いでしょ？
だからね、自分には居場所が無いんだとか
前に進まなきゃとか、そんなのって
考えてても無意味なのよ・・・。

皆が求めている事は、発想の転換しだいで
どうとでも変わってしまうものなの・・・。
だから、私達はその事を知った時から
捕らえ方全てを変えてしまう・・・
これは、お母さんなりの考え方だけど

例えばね、前に進む事が良い事なんだって
そう言う人が居たとするよね？
でも、道が円形だとしたらどう？
どんなに走っても、何週回っても、結局は抜かした
ハズの人に笑顔で手を振られて、頑張れ〜って
そう言って無責任な応援をされるだけなんだよ？

だからね、前に進むよりも、脇に反れたり
風景鑑賞したり、風を感じたり、そんな事を中心に
道草を食って、ゆっくりと歩いてた方が
良い気がするなぁ〜・・

ねぇ〜弥生ちゃん・・・。
今まで、一生懸命走って来たんだったら
今度は歩きながら、道草を食って見るのは
どうかな？
きっと、一時だけだけど、居場所を借りれると
思うよ・・。
だからね、少しは歩こうよ。

背を張って、ゆっくりと歩いて行こう・・・。
それが前へ進むって事だよ・・。

この一言の言葉を、何度思い出した事か・・・
今でも、ふと思い出す。
挫折した時や、悔しい時、悲しい時や
寂しい時・・・
辛い時なんかは、特に強く思い出してしまう・・・。
だから思うのかもしれないけど・・

心に染み入る歌ってあるよね？
それと同じで、心に染みる言葉もあるの・・・。
それを、大切にメモ帳へと書き残して行く事により
いつでも思い出せる、そんな記憶に変わる・・・。

だから、今の私は歩き人・・・
走る事を止めてしまった、そんな歩き人なの・・・。

いつしか、変わり行く自分の姿を眺めながら
風を感じ、目に映るもの全てを違う感覚で
捕らえていた・・・
走っていた頃とは、全てが違う・・・
そう感じた時、これが歩くって事なんだなぁ～って
そう思ったんだよ。
だから、疲れた時は歩こうって言える・・・

背を張って、ゆっくりと行こう・・・
それが一（いち）歩き人の
在り方なのだから・・・。

叔父が言っていた・・・
友達は、生涯の宝だと・・・

「友達・・・」

困った時には、助け合おうね
そう言った仲間が、私を遠ざける・・・

私の名前は、「綾乃（あやの）」　中学３年生
１週間程前から、私の陰口を言っている人が
居る・・
その人は、私の友達だった人・・・
だけど、今は違う・・・

そう思いながら、本日も教室の中で一人孤立している私が、理由や原因らしい物を自分なりに探（さぐ）った所で行き着く先は、陰口を間に受けた者達による嫌がらせなのだと言う、結論だけだった・・・
その事に気が付いた時には、もう手遅れで
毎日の様に嫌がらせが始まっていた・・・

そんな状況の中で、突然私の教科書が無くなる事を引き金として机、椅子、上履（うわば）き、体操服…
そう言ったものが、当たり前のように姿を消して
行く・・・

そんな日常が、止処（とめど）無く続く中、自分を
押し殺し、無理やり我慢していると、ある日を境に
突然嫌がらせがエスカレ〜トして行く・・・
そして、嫌がらせが苛めへと変わり行く事で
孤立、虐待、差別、罵倒など、「精神的、身体的」
打撃が当たり前の様に私に牙をむき始める・・・

そんな事をされても、私には何も
出来なかった・・・・
ただ我慢して、何事も無かったかの様にその場を
凌（しの）ぐ・・
そうやって、時をやり過ごした結果として
私は、完全に人を信用しなくなっていた・・・

そこまで我慢すると、「生きていたくない！」
と言う考え方へと変わり、それでも立ち上がろうと
思い、抵抗する私に対し拒絶反応が牙を剝（む）き
自己制御が出来なくなる為自分自身が壊れそうに
なる・・・・
それを回避するべく、誰かに助けを求めるが
誰も助けてはくれなくて・・・
その事を相談出来る相手もいない・・・

仮に現状を話したとしても、苛められている事実は
無いと・・・
そう否定されるか、苛められる側に原因があると
言われて、結局は被害者が強制的に加害者へと
変えられて行く・・・
そして、更なる居場所の悪化を招く・・・

結局は、目に見えている事実しか分からなくて
苛められている子が、無理やり笑顔で笑ってさえ
いれば誰も自分のクラス内で、苛められてはいない
のだとそう思い、捕らえてしまう・・・
そんな大人や教員ばかりだから
私達の中に、自殺と言う選択肢以外は残らなく
なるのよ！

そう思い自殺すれば、己の弱さが招いた結末だとか
嫌な事、辛い事から、逃げる為の行動として
死を選んだとかそんな事ばかり言われて、結局
弱い者は責め続けられて終わる！
それが事実・・・

だけど、私達だって「苛められる前は

強かったよ・・・」
「皆と同じだったよ・・・」

笑顔で笑って、友達と話して、明るく元気な子
だった・・・
そんな子でさえ、苛めのタ～ゲットにされたら
弱くなる・・・
それは何故か・・・

そこまで考えない者が多い中、私達は屈辱と共に
消え行く・・
だから、心相も心意も心眼も、全て曇って闇の中へ
と葬られてしまう・・
そんな事ばかりを繰り返している事にも気が付かず
強い者の味方をし、強い者のみ信じる者達が
どの心意を用いて苛めを無くそうと言うのか・・・
私達には、その道理が分からない・・・
だから思うのかもしれない・・・

今も昔も、人は強い者に巻かれ
強い者に荷担するのだと・・・

おねぇ〜ちゃん・・・

「妹なんて大嫌い！」

私の名前は、「早苗（さなえ）13歳」　中学生
毎日、毎日、妹の面倒を見続けて来た・・・
だけど、もう嫌！
妹が泣けば全て私が怒られる・・・

「なんで・・・？」

別に苛（いじ）めてる訳じゃ無いし
何もしてないのに、妹が勝手に泣くだけじゃない！
私は悪く無いもん！

元を正せば、親が忙しいから悪いんでしょ？
何でもかんでも私に押し付けて、それを重いと
感じて、やりたくないとか、出来ないとか言うと
何かに付けてお姉ちゃんでしょ？　って
言われる・・・

そんな理由で、無理やり面倒を見させられてるけど
私だって、友達と遊びたいし、自分の時間が
欲しい・・・

それなのに、何で私がこんな目に遭わなきゃいけないの？

「私がお姉ちゃんだから？」

お姉ちゃんになんて、なりたくてなった訳じゃ無い！
少し先に生まれただけじゃない・・・
ただそれだけの事なのに・・・・

そう思い、目に涙を浮かべて堪（こら）えている私の姿をお父さんが見たらしく、突然、遊園地へ行こうと言い出した・・

そして、何故か家族全員で遊園地へ行く事に・・・
私は、訳も分からないまま、煮え切らない怒りを抱いていたけれど遊園地に到着した時、何故か嬉しくて、ワクワクしてしまった・・・

そんな押えきれない気持ちと共に入場ゲ～トをくぐり、真っ先に「ジェットコ～スタ～」の乗り場へと来た・・・
そして、階段を上り始めた私が、ふと後ろを

振り返ると、妹が涙を「ボロボロ」と流して
泣いている・・・

「おねぇ～ちゃんと一緒に乗るの～・・」

「ダメよ、もう少し大きくなってから
乗りましょうね。」

「・・・・」

私は、その時に初めて気が付いた！
妹は好きな乗り物にさえ乗れないんだ・・・
下の子は、下の子なりに我慢しなきゃいけない事が
有るのだと・・・
そう思った私は、妹の目の前で
一言の言葉を発した・・・

わたし、ジェットコ～スタ～に乗るの止める！
メリ～ゴ～ランドなら、一緒に乗れるよね。

こうして、私は再び妹の面倒を見始める事になった
けど・・・
今は、前よりも進んで妹の面倒を見ている・・・。

だって、辛いのは、私だけじゃ無いって事に
気が付いたから・・・

貴方が差し伸べるから・・・

「手・・・」

好きな人に好きと言えない貴方が
私に手を差し伸べてくれた・・・

私の名前は、「沙希（さき）21歳」　ＯＬ
いつも元気で明るい彼が、私の目の前だと
取り乱す！
その姿が凄く可笑しくて、笑うと
彼は必ず後ろを向いて、しばらく
動かなくなる・・・

そして数分後・・・
私に手を差し伸べると、意を決して
一言の言葉を放った・・・

「不器用な男ですが・・・」
「貴方の側に居させて下さい。」

短い言葉だった・・・
それでも、気持ちは十分伝わって来た・・・
差し伸べられた彼の手が、小刻みに震えていて

うつむきながら、まだか、まだかと
私の返答を待つ貴方の姿を見て、私は・・・
その手を取らずには居られなかった・・・

あれから、10年・・・
彼は、未だに不器用な男です。

私に、好きと言う一言の言葉が
言えないのだから・・・

苦悩の決断を、涙と共に乗り越えた
その結果として、幸せへの第一歩を
摑む・・・

「我が子・・・」

意志を貫き通す事で、身近な者を敵に回し
全ての意見に対し、反論され、罵倒される・・・。

私の名前は「綾子（あやこ）当時23歳」
ある日を境に、突然私は孤立した・・・。
原因は、私が妊娠し、夫無くして子供を産むと
そう決意した事から始まった・・・

それ以来、毎日の様に母から
考えを改めなさいと言われるようになり
親戚一同からは、まるで犯罪者を見ているかの
ような、そんな眼差しで見られ、同級生からは
無責任な同情を買った・・。

そんな日々が続いていた為
私は、唯一の理解者である従兄弟の薫に対して
一撃の元に罵声を浴びせてしまった・・・。

何よ・・。
薫も、皆と同じ事を言う為に来たの？

それとも、私がバカな女だって
そう思って、笑いに来たのかしら？

ねぇ〜薫・・・
周りの人間皆に、罵倒され、反論され、追い込まれて、行き場を無くした者の気持ちって分かる？

毎日、毎日、同じ言葉ばかり繰り返されて
顔を見れば、止めといた方が良いとか
考え方を改めなさいとか・・・
もっと、冷静になりなさいとか・・・
そんな言葉ばかり掛けられるのよ？

「もう、頭がおかしくなりそうよ！」

時間が経てば経つ程、罪悪感だけが徐々に力を増して、寂しくて、辛くて、悔しくて、味方が欲しくて
友達を頼って行ったけど
軽るく「いいんじゃない！」って、そう言われただけだったわ・・・

結局は、みんな人の痛みとか、苦しみとか
心の葛藤とか、そんなの分かんないのよ！

そのくせ、偉そうに説教したり、命令したり
偽りの共感や同情で､無責任な言葉を残して行くの。

「私だって、親になりたい！」

一日でも早く、子供と一緒に笑って
生きて行きたいの。
それなのに、何で皆反対しか出来ない訳？
私は是が非でも子供が欲しいの！

誰の子供とかじゃなくて、私だけを見てくれる。
そんな信頼出来る者に側にいて欲しいのよ！

もう誰も信じたく無い！
私は自分の子供を抱きしめて、自分の子供だけを
信じて、ずっと我が子の側にいてあげるの。
これは、私が小さい頃から、ずっと
そうして欲しいって、願って来た事なのよ！

だから、私一人で親になる！
夫なんかいらないわ､ただ邪魔なだけだから・・・。

その言葉の後、従兄弟の薫（かおる）が

大きく深呼吸し、私に一言の言葉を発した・・・。

なぁ～綾子・・・
何でそんなに屈折したんや？
俺が、お前を罵倒する為にココへ来たって
本気でそう思うんか？
せやったら、俺は今直ぐにでも
綾子の前から消えるで？

結局、綾子かて人の気持ちなんか
分かってへんやんか！
心の底から、そう言う言葉を発してる訳や無いって
何でそんな事にも気付いてくれへんねや？　って
俺にはそう聞こえたで・・・。

今、俺が綾子の前にいるのはな・・・
お前に、悔いや後悔をして欲しくないからや！
せやから、綾子の決意がどれ程のもんなんか？
それを確かめに来たんよ・・・。

俺はな、女や無いから、お前の気持ちとか
そう言うの分かれへんけど、でもな
本気でお前の事が心配やねん！

せやから、真剣にぶつかるで・・・

綾子・・・
俺には、今のお前が選んだその決断が
間違っているように思える・・・。
子供が欲しい、だから産む！
それって、自分勝手な理屈やし、例え子供が
自分だけを見ててくれたとしても、その子は
いつか必ず、誰かに取られてしまうんやで・・・。
せやろ？　違うか？

俺にはな、お前がこう言うとるように
聞こえたで・・。
その場限りの寂しさを紛らわしたい
その行動の一環（いっかん）として
子供がいればいい！
可愛いし、母親になれるし、親と言う響きに憧
（あこが）れる・・。
だから、一日でも早く、親になりたい・・・。
そして、子供は私の寂しさを紛らわせる為の
人形になるの・・。

「綾子、これって間違ってへんか？」

綾子が子供を産むのは自由やけど
母親になるって事は、もう自分一人の決断で
行動したらあかんって、そう言う事なんと違うか？

俺が間違ってんのかもしれんけど、子供の事を
第一に考えて今の自分なら、精一杯その子の面倒を
見てやれるって、そう思う綾子の姿は
時と共に薄らいで行くで・・・。
その事を知ってて言うとんのか？

初めは誰かて強い決意持ってんねん！
せやけどな、それが出来んのが現状やろ？

俺な、綾子は責任感強いから
ええお母さんになると思うで・・。
でもな、じいちゃん見てて分からんかったか？
生前、じいちゃんが俺とお前に話してくれたやろ？
男が一人で、子供を育てるんは、辛かったって・・。
こんな時、伴侶がおってくれたら
どんなに心強かった事かって・・。

そう言うって事はやで、子育てが

俺らの考えてる以上に難しいって
そう言う事なんと違うか？

なぁ～綾子・・・。
まさかとは思うけど、子供産んで
おばちゃんと、おっちゃんに
世話させるんやないやろな？
せやったら、俺はお前を許さんで・・・。

ええか、親になる事をただの憧れだけで、選んだら
あかん！
親っちゅ～のは、自分に全責任が課せられる事を
知ってて、それでも自分は親になりたい
一（いち）人格者の指導をしたい！
そう願うもんが、親になるんと違うか？
俺はそう思うで・・・

綾子・・・
子供産むんは構わんけど
無責任な親にはなりなや！

この一言の言葉が、私の決意を鈍らせた・・・。
そう、私は自分の子供が欲しかっただけ

今の寂しさを紛らわせる為の
人形が欲しかった・・
無条件で心を許せる相手が欲しかった・・・

自分の命令は絶対だって、そう言い切る私が
望むもの・・・
それは、奴隷（どれい）を手に入れる事
だったのかも知れない・・
そう思っていた私に、無口な父が語り残して
行った・・・

綾子・・・
お前が夫を欲しいと、そう願わない一つの原因とし
て、私がいるんだと思う・・・。

私は、妻に苦労しか掛けては来なかった・・・。
だから、そんな夫は居ても足手まといだと・・・
そう考えた・・違うか？

でもな、母さんは私を捨てなかった・・。
何故だか分かるか？

心を許せる唯一の相手だからだ・・・

良き理解者とでも言うべきか・・・
夫婦って言うのはな、不思議なもので
始めは好きとか嫌いとか、そんな感情から
入って行くものなんだ・・。
そして、数多くすれ違う事で、相手の全てを
受け入れる体制を、整えて行く・・・。

綾子・・・
夫婦としての年って、知ってるか？

これはな、結婚したその時から
今までとは違う時間の流れ方で、時を謳歌（おうか）
して行くと言う意味だ！
だから、新婚さんは、皆１歳から始めなければ
いけない・・・。
例え実社会での年齢が、48歳だとしても
新婚なら１歳だっ！

この意味が分かるか？

知りたければ、生涯の伴侶を見付けなさい！
そして、大好きな人に寄り添って生きていきなさい。
その為にも、今は決断の時では無い！

父さんは、いつしかお前と話すら
しなくなっていたな・・。
だが、今こうして話をしている・・・。
何故だか分かるか？

それはな、子供の幸せを第一に考えているからだ！
親とは、そう言う生き物だからな・・・。

その事を踏まえた上で、それでもお前が
産みたいと、そう願うのであれば
私も母さんも、薫君も止めはしないだろう・・。
後は、お前が決めなさい・・。

この一言の言葉が、亡き父の遺言となる・・・。
1998年６月20日・・・
父、「神田（こうだ）　智文（ともふみ）」
他界・・・。

私は、父や薫を始めとし、真剣に自分の事を
心配してくれた、そんな人達の事を
決して忘れはしない！

今、こうして、好きな者の側に居る事が
出来るのは・・
当時、私の事を真剣に心配してくれた
人達のおかげだと思い、感謝している・・・。

心底大好きですと、そう言える相手と出会えたから
人に対する感謝の念があるのかも知れない・・
それなら、それでいい！
私は、ずっと側に居て、自分だけ見てくれる
そんな人と出会いたかった・・・

父の面影を持つ、彼の姿が、いとおしく思えるのは
きっと、そこに父の姿があるからだろう・・・。

あの時、涙を堪えて降ろす事を決意した
私がいたからこそ、今微笑みを浮かべ、幸せだと
そう思える自分がココにいる・・。
だから思うのかもしれない・・・。

当時の私は、まだ若かったと・・・

昔の思い出・・・

「夏の川・・・」

夏の暑い日になると、今でも思い出す・・・
あの川の事を・・・

私の名前は、「増二（ますじ）55歳」　中間管理職
社会人になる事で、色々な物事を知り
あの頃よりも大きな人間になれると思っていた・・
それなのに、今の私は「笑う事」すら
出来なくなっている。

そう思いながら、家族の為、生活の為に
仕事を第一に考え、己（おのれ）の体にムチを打ち
ガタガタになりながらも歩き続けて行く・・・
その結果、必然的に大切な物を
見失ってしまう・・・

だからこそ、時には足を止め
昔の思い出に浸る事も必要なのではないだろうか？
そう考えた私は、一番大切な思い出に
触れ始めていた・・

あれは、まだ私が幼かった頃・・・
友達と共に夏の川で遊んだ時の思い出だった・・・

太陽が照り付ける岩場と岩場の間に
川が流れていて、その川の真正面には
橋が掛かっている・・・
その橋の上から、川へ飛び込んだり、魚を取ったり
時には、木の木陰で休んだ事もあった・・・

そんな幼少（ようしょう）時代を懐かしく思い
まぶたを閉じて見ると、あの頃の思い出が
鮮明に蘇ってくる・・・

川の水面が、太陽の光を反射させ
目を取られた事や、セミの鳴き声が
大きく聞こえていた事もあった・・・
時々、上流の方から冷ややかな風が吹いてくる事が
あって、その風を感じる度に
全員で身震いをした事もあったなぁ〜・・

もしかしたら、社会人になる事で、あの頃より
何かを感じると言う力が、薄れてしまったのかも
しれない・・

ならば、私が幼かった頃に感じていた物を
取り戻しに行く必要があると思う。

昭和30年頃の夏の川を、もう一度この目で
見てみたい・・・
きっと、そこには私が忘れた数多くの思い出が
残っているだろう・・
その思い出に触れた時、今よりもほんの少しだけ
大きな人間になれると思う。

人の痛みを分かってあげられるような
そんな、大きな器の人間になりたい！

それが、幼い頃の私と、今の私が
共に思い描（えが）いて来た目標なのだから・・・

おめでたいのか・・？

「定年・・・」

国家により、卒業と言う名の
リストラ通告を受ける・・・

私の名前は、「正（ただし）60歳」　定年者
一組織形態より孤立し
漠然（ばくぜん）とした日常を迎える・・・。
それを第二の人生と表現し、有り余る時間と共に
苦悩の一途を辿る・・・。

私達定年者は、定年退職後・・・
年金と言う名の給付金（きゅうふきん）を
支給（しきゅう）されるが
その微々（びび）たる資金では、食い繋ぐ事すら
ままならず、老いたる体にムチを打ち
なんらかの仕事に付かなければならない！

酷な世の中で、私達は生きて来た・・・。
だが、老いたる今、我々に与えられた未来は
当時よりも、酷な未来だった・・・。

年代による、雇用差別・・・
ＩＴと言う名の、異世界言語・・・
資格と言う名の、才能差別・・・
それら全てが、我々に牙をむき
大（おお）いなる壁となり、立ちはだかる！

この日本では、年を重ねれば重ねただけ
邪険に扱われ、死の選択を迫られる！
その結果、大切な者を守る事すら出来ず
非力な己の姿に対し、煮え切らぬ怒りを抱きながら
膨大（ぼうだい）な時の中に捨てられる・・。

私がその事に気が付いた時
怒りが限界点を突破し、テレビを相手に
愚痴を溢していた・・・。

私達が定年を迎えると
おめでとうと言われるが
それは、本当におめでたい事なのだろうか？
私は、死の宣告を受けたようにしか
思えなかった・・・。

皆の笑顔に対し、やり切れぬ思いを抱き

綺麗事で飾られた実社会に対し、嫌気が差した・・
だから思うのかもしれない・・・

定年制度を無くして欲しい！
意味など無い政治改革も止めて欲しい！
私達は、国家の奴隷じゃ無いんだ！

その言葉を聞いて、妻が私に
一言の言葉を掛けて来た・・・。

貴方・・・
確かに、今は国自体が不景気です。
でも、必死に日本を変えようとしてる人達も
居るんですよ。
そう言う人達の気持ちを踏みにじって
テレビで報道される情報だけを見て
自分の怒りを国家へ向けるのは止めましょう！

貴方も私も、口で言うだけで
何も変えようとしないじゃないですか？
日本が悪いと言うのなら、政治家と共に
戦って見てはどうですか？
口で言うだけなら、誰にでも出来ます！

貴方に何も出来ないのなら、今の政治家に
任せましょう。

彼らだって、分かっているハズです。
このまま、好き勝手な事を続けていれば
いずれ内乱が起き、共倒れをする
と言う事ぐらいは・・・

だから、楽しく行きましょう！
私達には、私達の時間と言うものがあるのですよ。
その時間が、平和な時間である内に
満面の笑みを浮かべながら
歩こうではないですか！

貴方・・・
笑いながら生きると言う事は
過去に対して悔いを残さぬ事だと
そう心得て下さい・・。

妻が私にお茶を差し出し、語ったその言葉に対し
反論出来ない自分がいた・・・

私は、今まで自分一人だけが苦労して来たのだと

思い込み、煮え切らぬ怒りを自分以外の
何かに向けていた・・・
その事に気付かされ、心の面持ちを変える事で
心機一転し、残りわずかな人生を
妻の為に費やす・・・。

それが、これからの私に出来る事であり
今まで、何一つしてやれなかった妻に対しての
ささやかな一礼となる・・・。

美咲（みさき）さん・・・
第二の人生も、私と共に歩んで下さい・・
貴方を幸せに出来るのかどうか分かりませんが
真剣に、取り組むつもりです。

今まで口で言うだけだった私が
初めて行動に起こそうとしています。
だから、第二の人生も私と共に生きて下さい。

我（わ）が生涯（しょうがい）の
伴侶（はんりょ）へ・・・
非力な亭主より。

朝が来て、昼が来て、夜になる・・・
でも、僕には明日が来ない・・・

「明日が来ない・・・」

僕の名前は、「直人（なおと）19歳」　盲目人
（もうもくびと）
毎日、当たり前の様に朝が来て、夜を迎えていたの
に、ある日を境に、突然、朝も夜も無くなった・・
そんな中で、僕は時を刻んでいるけれど
高校を卒業して直ぐに、失明をし
光を失う生活を余儀（よぎ）なくされた為
今では、音を怖いと感じてしまう
ようになった・・・

毎日、当たり前のように明日が来ていたあの頃と
今とでは、あまりに違い過ぎる・・・
僕には、もう二度と明日が来ない・・・
それでも、季節は過ぎ行く・・・

夏、「セミ」が鳴く・・・
セミの声だけが聞こえる・・・
秋、何も聞こえない・・・・
冬、何も聞こえない・・・
春、何も聞こえない・・

今まで、当たり前のように思えていた「明日」が
今の僕には分からない・・・
何処からが「今日」で、何処からが「明日」
なんだろう？
そう考えていると、自分が挫折者か敗北者の様に
思えて来る・・・

来年、僕は20歳を迎え、大人への歩みを進めるが
それは、普通の大人とは違っていて
自分のやりたい事や目指すべき目標と言ったものが
何一つ無く・・・
同年代の連中に、埋まらない程の大差を広げられ
あざ笑いながら、見下される・・・

その事に気が付いた時から、僕の中で
時が止まり始めた・・・
情けないと言う己と共に、嫌がる自分を
引き連れて・・・
何処へとも無く消えて行く・・・

今の僕には、悔いる事しか出来なくて・・・
突然明日が来なくなったら、「誰だって悔いるよ」

って、そう思う事で、自分を無理やり
納得させようとするから

「だから悔しいんだっ！」

悔しくてしかたが無いから
何故？　どうして？　って
毎日そんな事ばかり考えて・・・
その結果
今初めて人の痛みが分かる様になった・・
でも、もう遅いんだよ！

外へ出ようとしても、一人じゃ出れないし
何より、同年代の笑い声を聞くのが怖い・・・
だから、僕はココに居る・・・
ココにしか居れないんだ！
そう考えていた僕に、従兄弟（いとこ）が
一言の言葉を掛けて来た・・・

直人・・・
俺達には、お前の気持ちは分かんないけど・・
俺がお前の側に居る・・・
それじゃダメか？

直人と触れる時だけは、目を閉じて接するから
だからもっと、前を見てくれよ・・・

俺にはさぁ～、お前と同じ場所に立てる方法を
考える事ぐらいしか出来なくて
それでも自分なりに結論を出したんだ・・・
それが、目を閉じて辺りを真っ暗にする事
だった・・・
そうすれば、少しは直人の気持ちが
分かる気がしたんだ・・・

俺、バカだから
今まで何かを真剣に考えた事とか無くて
だからコレでいいのかどうかさえ分かんないけど
これでも必死に考えたんだからな・・・
だから、その・・俺と共に笑って欲しい！
直人、一日でも早く笑えるようになろうなっ！

その言葉を聞いて
僕は涙を押えきる事が出来なかった・・・
克憲の奴が、これ程重たい言葉を言うとは
思っても見なかった・・

だから、正直言って凄く驚いた・・・

それと同時に、僕にも明日が来てると言う事が
分かったんだ・・・
「毎日、毎日、休息」してたから
分からなかった・・・
「目に映るもの」だけを、頼りに生きて来たから
だから辛かっただけなのかもしれない・・
もしかしたら、寂しかっただけかも？

そう考えて行くと
何故か心が穏やかになって行く・・
盲目人は、負け犬じゃないんだっ！
だから、僕も負けてはいられない・・・

僕達には、僕達の歩むべき道
と言うものがあるのだから・・・

君を守り抜いて見せる・・・

「守る事・・・」

大切な伴侶と生きる為に
今一度、過去の信念を用いて再起を掛ける！

私の名前は、「友彦（ともひこ）53歳」
この年になって、初めて屈辱を味わった・・・
その屈辱とは、１週間前に勤めていた会社を
「クビ」になった事だっ！

何十年にも渡って勤めて来た会社に
「あざ笑い」ながら切り捨てられた・・・
それが、実社会なのだとそう思い
割り切ろうとするが、「現在無職である！」と言う
この一言の言葉と、現実に押し負かされ
逃げるように過去の地位や名声にすがり付く。
それが、どれ程愚かで醜い事なのか
良く理解していながら
それでもなお浸（ひた）っていたいと願う…

「しかし、願い叶わず・・・」

今の私は、職安と家を往復する毎日で
時々、公園で物思いに耽（ふけ）ったり
自室内で頭を抱え、ふさぎ込んでいたりする・・・
そんな私の姿を見て
妻が一言の言葉を掛けて来た・・・

アナタ・・・
良いじゃないですか・・・
食べられなくなった時は、死を選びましょう・・・
私は、貴方となら死ねると思いますよ。
だから、無理をしないで下さい。

その言葉を聞いて
私は自分の非力さを痛感した・・・
幼い頃から、私と共にいてくれた人・・・
そして、誰よりも私と言う人間を
理解してくれている人・・・
そんな人を、死に行かせる訳にはいかない！
そう思い、心に喝（かつ）を入れた時
私の頭の中に「強く抱いていた信念」が
再び蘇って来たのだっ！
その信念とは・・・

「どんな事が有っても、君を守り抜いて見せる！」

と言うものだった・・・
その事を思い出した私は
人生最後の賭けに出ようと考え
妻に私の意志を伝えると・・・
彼女は穏やかな声で、こう言った・・・

全てお任せします。
私は、貴方に付いて行くと、そう決めた女性ですよ。
貴方の決断と、貴方の意志を支えてこそ妻だと
そう思っています・・・

だから、友彦さんには悔いや後悔が残らない
決断をして欲しい・・・
そう願い、貴方を信じて来たからこそ
今、私がココにいるのではないですか？

友彦さん・・・
最近、「笑った事ありますか？」
私は、しばらくの間
貴方の笑みを見ていない気がします。
決断する事は

生きる為に必要だと思うけれど、笑う事も
生きる上で必要な事なのではないですか？

私は、長い間貴方の妻として生きてきました・・・
だから思うのかもしれませんが・・・

微笑んでいた頃の貴方は、生き生きとしていて
見ている側が、嬉しくなって来るような
そんな温かい人でした・・・
だから、私は幸せな日々を送る事が
出来たのです・・・。

ねぇ〜友彦さん・・・
もう一度微笑んでくれませんか？

私は、笑む貴方と共に
これから先も生きて行きたいのです・・

妻の言い放った言葉は、私の心の中へと染み入り
今まで、自分が抱えていた全ての出来事より
重く切ない言葉として、留まった・・・
だからこそ、私は前に進まなければいけないのだと
改めてそう思った・・・・

そうでなければ、君を守る事さえ
叶わなくなるハズだから・・・

一番大切なもの・・・

「笑（え）む心・・・」

再起を賭けた時間の中で
ふと気付く何かがある・・・

私の名前は「友彦（ともひこ）53歳」　自営業
守りたい者を守る為に
再び実社会へと名乗りを上げた・・
そんな私と、共に歩みを進めて来た女性とが
時間に追われながら、各々の考えを巡らせ
自分なりの結論に至った時、私達は・・・
第二の人生を歩み始める・・・

そう思う事で、新たなる己の在り方を作り上げ
止処（とめど）なく続く
未来への回廊を歩み行く・・・

それが、一寸、一寸の闇の中にあると言われようとも、一度足を踏み入れたその瞬間から、己の力量と器のみを信じ、手探りで探りながら、前へ前へと前進して行かなければならない！
そして、幾度と無く遠吠えを上げ

吼え連（つら）ねる事で、過去の自分と今の自分を
奮（ふる）い立たせる！

そんな張り詰めた回廊の中で
たった一時の幻を見る事により・・・
人は、それを幸せの光だと表現する・・・
中には、希望の光だと取る者や、未来へと繋がる
一筋の閃光だと捕らえる者もいるだろう・・・
しかし、私はこう捕らえて見た・・・

光とは・・・
無限の可能性を放ち残す
記憶の残留物なのだと・・・

そう捕らえて見て、初めて分かった事がある・・・
それは、光が各々の心情に大きく関わっており
幸せな者には、ただ眩しいだけで
不幸な者には希望や温もり
幸せへの道しるべに思えてしまうと言う事！

その事に気付いた時
私は笑む事がいかに大切な事なのか？
と言う事を思い知らされたのです。

遠い道のりの中で
私達は数多くの記憶と思い出を培い
挫折と屈辱の上に今を築き上げて来た！
だからこそ
これからも強くあらねばならない・・・
それが例え偽りの強さであろうとも
再起を賭けた者の意志と、己のプライドに掛けて
大切な者だけは守り抜いて見せる！

私達挫折者にとって一番大切な事は
笑む事により培われる
「心情のゆとり」なのだから・・・

消えてしまいたい・・・

「現実逃避・・・」

長い間、先の見えない苦痛が続くと
現実から逃げたくなる・・・。

僕の名前は、「秋俊（あきとし）19歳」　無職
当たり前の様に、存在していたものが見えなくなり
答えの出せない問が
己の中で幾度（いくど）と無く続く・・・
そんな中で
僕は自分なりに前に進もうとしていた・・・
だけど、前に進む事は出来なくて・・・
とどまる事も出来なくて・・・

自分の居場所が
時と共に消え行くのを感じていた・・
そんな僕に対し
周りの人間は無責任な言葉を言い放つ・・・

秋俊君、仕事は？
もう19なんだから仕事につかないとダメじゃない・・

わかってる・・そんな事・・・
だけど、今の僕が現実の厳しさに直面したら・・・
人を傷付けてしまいそうで怖い・・・
そう考えると、突然、まわりの人間の全てが
冷ややかな目で僕を見下している様に
思えて来た・・・

「現実に目を向けない臆病者（おくびょうもの）」

遠まわしに、そう言われてる気がして
居辛い時間が、このまま永遠に続いて行くかの様に
ただ、同じ時のサイクルを刻んで行く・・・

「僕だって、負け犬になんかなりたく無い！」

だけど、精神状態が安定して無くて・・・
それを、自分一人の力で何とかしなきゃって
そう思い、毎日葛藤して来たけれど、時が経つ事に
現状は悪化して行くばかりだった・・・
そして、自分の意識さえも制御出来なくなった時
僕達は、屈辱の決断を迫られる事となる・・・

その決断とは・・・

己の命を絶ち、負け犬であった事を認め
今までに罵倒され続けた事全てを受け入れる事で
屈辱と、恨む心を抱き、業火の念に焼かれながら
この世を去り行く！　と言うものだった・・・

成すすべなく落ち行く者に
差し伸べる手さえも、持ち合わせてはいない
それで人だと言えるのか!?

苦しんでいる者を罵倒する事しか出来なくて
傷付け、ボロボロにする事で
再び立ち上がってくれると、そう思い
壊れた思考回路を用いて
大切な者を死へと追いやって行く・・・・

どうして、僕達が壊れなきゃいけないんだっ！
ただ、皆と同じ様に笑ったり
泣いたりしたかった・・
それだけなのに
当たり前の事さえ出来ない状況に追い込まれて
追い込んだ当人が、笑顔で笑いながら
毎日を辛いだとか、苦しいだとか言いながら
生き行く・・・

矛盾し過ぎてはいませんか？
罵倒する相手を間違えてはいませんか？
貴方は、人の痛みが分かる人ですか？
それは偽りの共感なのでは無いですか？

笑む事が出来なくなった者の気持ちが
貴方に分かりますか・・・

何気ない日常の中で、酷な事をしている者が
苦しんでいる者達の気持ちさえも考えず
弱者だと判断し、見下す・・・
だから僕達は
いつまでも抜け出す事が出来ないんだっ！

貴方達が、心眼を開いて
弱者の姿を見始めたなら
僕達は必ずこの場所から抜け出して見せる！

我々が、弱者では無い事を証明する為に・・・

お母さん・・・

「見て・・・」

家の子はまだ幼くて
何に対しても見て！　と言う・・・

私の名前は、「美代子（みよこ）29歳」　専業主婦
小さい頃、親になったら分かる事が沢山有る！　と
言われた・・・
その時に、私が両親に対して言った言葉は・・・

「オトナは何でも知ってるの？」

と言う言葉だった・・・
その言葉の直後
父が困った顔をしてうつむいていた・・・
その光景を思い出すと、あの時に父が感じていた
気持ちが少しだけ分かる様な気がする。

私は、昔から良く「見て？」と
言う子供だった・・・
そんな私に対して、自分の子供が「見て？」と
言って来る・・・

一度二度の見てなら良いけれど、それが10回20回
と増え始めると、何故か怒ってしまう！

それは、幼い私に対して母が取った行動と
まったく同じ行動だった・・・
その事を思い出して、昔の気持ちに戻って
考えて見ると、凄く悪い事をしたなと思う・・・

あの時、私が感じていた気持ちは・・・
親に裏切られた様な、そんな気持ちだった・・・
その事を忘れていたから、自分の子供にも
同じ事をしてしまった・・・
だから、これからは「見て？」と言われたら「何？」
と、「優しく」聞いて上げる事にしようと思う！

自分が嫌だと思う事は、人にもしない事！
私の母が私に言った言葉・・・
だから私は、この言葉だけでも実行しようと思う。

いつも笑顔で笑っている
我が子の姿を見続ける為に・・・

必ず幸せにするから・・。
だから、僕の側に居て下さい・・。

「過去の約束・・・」

大好きな人に言われた一言が
時の中を潜（くぐ）り抜け、今再び蘇る・・・。

私の名前は、「夏樹（なつき）37歳」　専業主婦
昔、夫は私を全てだと捕らえ
真剣に接していた・・・。
まるで、私を見ているだけで精一杯だと
そう言わんばかりの笑みが、今だ
心の中に留まる事で葛藤の引き金を引く・・・。

今の私達は、離婚の危機にあり
当時、澄んだ瞳と共に一言の言葉を贈ってくれた
そんな彼の姿は、見る影も無く消え去り
今では、同一人物なのかどうかすら疑わしい・・・。

「何故ですか？　貴方・・・」

そう問う事で、毎日のようにすれ違い
罵（ののし）り合う日々が続く・・・
その結果、己が醜く腐り果てて行き

郵便はがき

恐縮ですが
切手を貼っ
てお出しく
ださい

1 6 0-0 0 2 2

東京都新宿区
新宿1－10－1
(株) 文芸社
ご愛読者カード係行

書　名				
お買上 書店名	都道 府県　　市区 郡　　　　　書店			
ふりがな お名前		明治 大正 昭和　　年生　　歳		
ふりがな ご住所	□□□-□□□□		性別 男・女	
お電話 番　号	(書籍ご注文の際に必要です)	ご職業		

お買い求めの動機
1．書店店頭で見て　2．小社の目録を見て　3．人にすすめられて
4．新聞広告、雑誌記事、書評を見て(新聞、雑誌名　　　　)

上の質問に1．と答えられた方の直接的な動機
1．タイトル　2．著者　3．目次　4．カバーデザイン　5．帯　6．その他(　　　)

ご購読新聞　　　　新聞	ご購読雑誌

文芸社の本をお買い求めいただき誠にありがとうございます。
この愛読者カードは今後の小社出版の企画およびイベント等の資料として役立たせていただきます。

本書についてのご意見、ご感想をお聞かせください。 ① 内容について
② カバー、タイトルについて
今後、とりあげてほしいテーマを掲げてください。
最近読んでおもしろかった本と、その理由をお聞かせください。
ご自分の研究成果やお考えを出版してみたいというお気持ちはありますか。 ある　　ない　　内容・テーマ（　　　　　　　　）
「ある」場合、小社から出版のご案内を希望されますか。 する　　しない

ご協力ありがとうございました。

〈ブックサービスのご案内〉
小社では、書籍の直接販売を料金着払いの宅急便サービスにて承っております。ご購入希望がございましたら下の欄に書名と冊数をお書きの上ご返送ください。（送料１回380円）

ご注文書名	冊数	ご注文書名	冊数
	冊		冊
	冊		冊

大切な者さえも、傷付けてしまう・・・
その事を知りながら
歯止めを掛けられぬ愚かな者達がいた・・。
そして、本日もいつもと同じように、罵り合う・・。

ねぇ〜・・・
私達はいつからこんな夫婦になったの？
貴方は、私を幸せにしてくれるんでしょ？
なのに、どうして私を見てる事すら出来ない訳？
何かやましい事があるからでしょ？
あるわよね？

男は外で仕事をしてるから・・
だったかしら？

訳分かんないんだけど・・
それって、自分よがりの理屈でしょ？
結局は、自分だけを愛して
その場限りの愛を探して、色んな所を歩きまわって
気になる女に手を出して愛想振り撒いて
それを仕事だって事にしてれば何も言わないまま
我慢してる嫁がいるんだって
そう思ってるんでしょ？

そうよね？
しょせん私は、貴方専属のメイドなのよね？

貴方・・・
いいかげん止めませんか？
そんな、自分が最優先の生き方・・・

私・・・
もうかなり疲れたんですけど・・・
どうなんです？

この一言の言葉の後、夫はこう反論した・・・

そりゃ～確かにお前を幸せにするとは言ったさっ！
でもな
今はバブル全盛期だったあの頃とは違うんだ！
皆が不幸せながら、真剣に毎日食い繋いでいる
今はそう言う時代なんだよ！
だから、これが精一杯なんだ！

そんな時代に、愛だ恋だのって言い散らして
お前は、昔からそうだった・・・

俺は言ったよな？
これから先の日本は
間違い無く経済不況の真っ只中に落ちる！
だから、子供がいたら
食い積むだけなんだって・・
それなのに、子供が欲しいとか言って作ったから
今、金が無いんだろ？

それを人の浮気とか、そう言うもののせいにして
お前だって、無駄な衝動買いや
間食してるじゃないか？
そんなのを少しでも削れば、二人で何処かへ
気晴らしに出るぐらいの金が浮くだろうが？

どうせ、俺の給料が少ないから悪いだとか
そんな事を言い出すんだろうが、それは違うぞ！
どんなに稼いでも
それを全て通信販売なんかに使われた時には
どれだけ腹が立つか考えた事あるのか？

毎月毎月、恐ろしい程の電話代請求は来るわ
電気、ガス、水道、そう言ったものは止められるわ

でそれって、俺が招いた悲劇か？
違うだろ？

これじゃ～不倫や浮気に走りたくもなるぞ！

この一言の言葉に対し、激怒した私は
夫を今まで以上の勢いで罵倒し始めた・・。

貴方に人の事をとやかく言える訳？
間食とか、通信販売とか
そう言うのに走る事しか出来ない人の気持ちって
考えた事ある？

無いでしょうね？
私の事を真剣に見もしないで、浮気したり
不倫したり、そんな行動を取ってるのは
貴方の方ですもんね？
夫婦って、都合が悪くなったら他人な訳？
それって間違っていませんか？

毎日、毎日、同じ部屋の中に居て
出来る事と言えば、友達に電話をして話をするか
テレビを見る事ぐらいしか出来なくて

私だって、働きたいのに、それはダメなんでしょ？
理由は何なのさぁ～？

「私が浮気に走るとか？」

そんなのが理由だったら、貴方はバカね？
まぁ～もっとも
今の貴方と共に生きて行くぐらいなら
違う男を捜した方がいい気もするけど・・・。

人をこんな狭いアパ～トの中に拘束しといて
ストレスが溜まって
衝動買いに走ったとたんに裏切ったわよね？
これじゃ～私がバカみたいじゃない！

人の上に立つ管理職の人が
妻の気持ちすら分からないで
自分勝手な理屈をならべて結局は
逃げてるだけなんじゃないの！
貴方って、最低な男ね・・・。

こんな会話を毎日続けていた私達は
子供の存在など忘れて、お互いがお互いに

自分の怒りを意見としてぶつけ合い
罵り合う事で、鎖（くさり）をまとい
心を閉ざして行った・・

そして、夫との間にかなり距離が開いた頃・・・
我が子が激怒し、私達は自分の行いと
腐り果てた心の面持ちに気付かされたのです・・・

いいかげんにしろよ！
二人とも同じなんだって事に
何で気がつかないんだ！

自分だけが可愛くて、両親そろって
それらしい理屈ごねて
母さんは母さんで間食したり
無駄な衝動買いしたり
そんなのしてんじゃね～か！

父さんは、父さんで、浮気したり、不倫したり
実際やってんじゃね～かよ！
それは事実だろ？

お互い50歩100歩のケンカして

どうなるって言うんだ！
自分達の寂しさや不安から、逃げたいが為に
あんた達が自（みずか）らの意志で取った
行動だろ？
だったら、素直に認めりゃ〜いいじゃね〜か！

それを、あ〜だのこ〜だのと言って
お互いに、責任転嫁（せきにんてんか）の
なすり合いをするは、挙句（あげく）の果てには
昔は良かったとか、今の貴方は同一人物かとか？

結局、あんた達は自分の姿を鏡に映して
見てるだけなんだよ！
そんな事にも気が付かないで、誰が悪いとか
何がいけないとか
子供自体がいらなかったとか・・・
今更そんな事言われたって
自分達が当時少なからず欲しいと思い
そう願って作ったんだろ？

なのに、何で俺は
あんた達の重荷（おもに）になってるんだよ!?
学費が掛かるからか？

だったら、今直ぐ学校を辞めて
こんな家出てやるよ。

もう嫌なんだよ！
自己中心的な親の姿を見るのは・・・
子供がどんな気持ちで親の姿を見てるのか？
そんなの考えた事も無いだろ？

下らない理屈をごねて、世の中のせいにして
重い言葉で相手に打撃を与えて
傷を沢山作って、その傷が
子供に飛び火してる事にすら気が付かないで
結局は２人とも自分の事しか
考えてないんじゃないか！
だから、罵倒し合うんだよ・・・。

父さん・・・
男が一度幸せにすると言った以上！
それが最優先だろ？

会社の社員より、妻を大切にしろよ！
それが出来ないあんたが
どの面下げて人の上に立つって言うんだ？

人の上に立ってるって事は
妻を大切にするぐらいの度量はあるって事だろ？
違うのかよ？

父さん・・・
貴方は、一人の女性を見ててやる事すら出来ない
男だったんですか？

それから母さん・・・
貴方も、女が一度この人に付いて行くって
そう決めたなら、最後まで信じて付いて行けよ！
しっかり捕まえてなきゃ
男なんかフラフラしてんだから
絶対に浮気に走るんだよ！
それは、女だって同じ事だろ？

だから、お互いがお互いの姿を見て
まるで自分を見ているようで
腹が立ってるんじゃないのか？
そんな簡単な事に、何で気付けないんだよ・・・
誰かに言われるまで、分かんない訳？
いい大人が２人して、出来る事が
罵倒、罵り、軽蔑（けいべつ）、見下し、責任転嫁

（せきにんてんか）！
その程度の事しか出来ない人間が
親になるんじゃね～よ！
子供が迷惑するだろ！

この一言の言葉に対して、私も夫も
何一つ反論出来ないで居た・・・
だから、思うのかもしれない・・・。

今まで夫に対して、罵倒して来た言葉や
煮え切らないこの怒りを己自身に向け
自分もそれと同じぐらいの事を
相手にしているのだと、そう思い
悔いる事から始めなければ
何も変わらないのだと・・・

私がそう思っている中で
夫も、同じ事を思っていたのだろう・・・
突然、夫の目付きが変わり、当時の夫が
私の目の前に居た・・・

そんな彼が、我が子に対し、自分を殴ってくれと
そう言ったけれど、息子は夫を殴らなかった・・・。

理由は・・・

今ここで、自分が貴方を殴ったら
貴方以下の人間になるからだそうです。

私達親世代は、子供の事をいつまでも
子供のままだと、そう思っていますが
どうやら、それは違うようです。

子供は、親を見据（みす）える為の監視人なのだと
私はそう感じました。
だからこれからは
監視人を監視する立場を目指そうと思う。
それが、私達親世代に課せられた
最大科目なのだと、そう思うから・・・

僕の家には、花が有る・・・

「姫百合（ひめゆり）の花」

この花は、祖父が大好きだった花・・・
一時の安らぎを与えてくれた
そんな大切な花らしい・・・

僕の名前は、「哲也（てつや）」　高校３年生
毎朝、祖父が花に水をやりながら
笑顔で、「ありがとう」と言っていた・・・
僕は、その光景を見るのが好きだった・・・
だけど、もうその光景を見る事は無い！
祖父は、「姫百合の花」を残して
他界したのだ・・・

そう言えば、昔・・祖父から
あの花の思い出話を聞いた事があった・・・
確か、異国の戦場であの花を見て
心が穏やかになったとか・・・

戦友が戦死した時に
異国の地へ置いて来た花だとか・・・
祖母に捧げた花だったとか・・・

色々な事を話してくれた・・・
あの花は、祖父にとって
心の支えだったのだろう・・・

「姫百合の花・・・」

僕も好きだよ・・
だって、爺ちゃんとの思い出が沢山詰っている
花だから・・・

僕ね、やっと分かったんだっ！
「ありがとう！」って言っていた意味が・・・
あの花は、人の心に咲く花なんだね・・・
だから、大切に育てて行かなきゃ
いけないんだ・・・
僕は、そう思ったよ・・・。

爺ちゃん・・・
命日の日には、姫百合の花を持って行く！
暖かい日溜りの下で育った花を
見てやってよ・・・

きっと、綺麗な花が咲いてるハズだから・・・

忘れられない光景・・・

「桜並木・・・」

満開の桜が、今年も咲いた・・・

私の名前は、「多恵子（たえこ）68歳」
毎年、この時期になると、公園の入り口から中央まで、道なりに桜花（おうか）が咲き乱れ
桜並木となる・・
私は、その光景を見る度に
過去の出来事を思い出し、物思（ものおも）いに
耽（ふけ）ってしまう

あれは、３年前の事・・・
私は夫と共に、毎年この桜並木を歩いていた・・・
それが、私達夫婦にとってのささやかな楽しみで
あの時も、それは変わらなかった・・・

だけど、私の心の中に
夫の言い放った一言の言葉が強く残り行く事で
未だ消えぬ記憶として抱き続ける事となる・・・

多恵子さん・・・

今年も満開の桜が咲きました・・・
私達は、毎年この光景を見る度に
色々な記憶と、想い出を残して行くのですね・・。

そして、一年に一度・・・
確実に、死へと近づいて行く・・・
その事に気が付いた時から、私達は
今までよりも、柔らかく、温かい老人（おいびと）
として、後生（こうせい）の子供達を見守って行く
事が出来るのでは無いでしょうか？

私は、来年も再来年も、ずっと貴方と共に
この桜並木を歩きたかった・・・

そのたった一つの願いが叶わない事を
心の底から悔いると共に
己の果敢なさを知りました・・
だから、自信を持って言えるのかも知れませんが
私は、貴方と出会えた事を誇りに思っています。

生涯の伴侶である女性へ・・・
たった一言だけ・・・

「ありがとう、多恵子さん・・・」

この言葉を思い出す度に、心が苦しくなって
涙が零（こぼ）れそうになる・・・
だけど、私は泣きませんよ・・・
命が尽きるその日まで、笑顔で笑いながら
毎年、この桜並木を歩んで見せます・・・

ここは私達にとって、大切な思い出の場所ですから
貴方の姿が無くとも、私は心の中に居る貴方と共に
これからもずっと
生きて行きたいと思います・・・

優しく温かい、一（いち）老人として・・・

それって、自分達の都合じゃない！

「故郷（こきょう）・・・」

懐かしい我が故郷から
全員が、強制的に追い出される・・・。

私の名前は、「里津子（りつこ）52歳」　主婦
ダム建設により、私達は故郷を後にした・・・。
長きに渡り過ごして来たこの故郷から
強制的に追い出される・・・
それが、酷な思い出となり、心の中へと留まる事で
過去の記憶を引き起こし
新たな傷へと変わり行く・・・。

「この村は、ダムになる！」
「だから、私達は立ち退かねばならない！」

この一言の言葉に対し
反論する者とそうで無い者がいる・・・。
その結果、反対する者達にとって
賛成する者達の気持ちは分からず
ただの無駄話と化し
怒鳴り合う事で村の結束は崩れ

故郷を離れて行く者達が続出する・・・。
そして、村の過疎化（かそか）が進行し
更なる状況の悪化を招く事で、屈辱の念を抱きながら、我々も故郷を後にせざるをえなくなる・・・。

離れ行く故郷を、遠目で見下ろしながら
各々（おのおの）が各々の考えをめぐらせる・・・。

時代と言う時の流れに流され
現地生活者の気持ちを踏みにじり
大多数（だいたすう）の者を最優先に考え
己の私利私欲（しりしよく）と共にそれらしい
理屈を用いて、我々を言いくるめる・・・。

更に、圧力と言う名の力を用いて
富と言う泉に溺れ、幼き記憶の面影を忘れた者達が
過去の同朋に対し刃（やいば）を向け
討伐（とうばつ）を行う

その行動は、リスクと言う名の元に構成され
屈辱と言う名の上に立ち、悔いる者達を踏み台にし
形へと変えて行く・・・。

あれから、数年・・・
私達の記憶の中には、日にちなどでは計れぬ程の
時が消費され、今に至っている・・・。

悔い、屈辱、後悔・・・・
それら全てを抱きながら、我々は過去の同朋を恨み
業火（ごうか）の念と共に
残された時間を生き行く・・

弱者を踏み台にした者は、業火の炎に焼かれ
灰となりて、なお残留す！

全ての者に対し
煮えきらぬ怒りしか持ち合わせていない私に対し
我が子が一言の言葉を放った・・

母さん・・・
悔いてるだけじゃ何も変わらないんだよ？
いいじゃない、気持ちだけでも故郷に戻れば・・・。

母さん達の故郷が、今は水の下にあるとしても
その場所に立った時に、記憶が蘇ってくるだろ？
その記憶に触れれる限り、故郷はそこにあるんだよ。

これは、綺麗事なのかも知れないけど
でもね、あの場所に村があって、青春時代の記憶や
懐かしい風景、そう言ったものが
頭の中に映像として呼び起こされるだけで
凄く幸せなんじゃないかなぁ～？

だってさぁ～、都会とかそう言う大都市はね
目まぐるしく変わって行くじゃない？
それって、見てて耐えられない程
辛い事になると思うよ・・。
だからね、僕達は幸せだった方なんだよ・・・。
そう思わないと
過去に対しての悔いが残るだろ・・・

母さん・・・
ものは考え方一つで
どうとでも捕らえる事が出来るんだよ・・
だから、心の面持ちから変えて行こう！
今は無理かも知れないけど、ゆっくりと
変わって行けば、それでいいんじゃないかな？
僕は、そう思うよ・・・。

私は、我が子を今日ほど大人だと感じた事は
無かった・・・
いつまでも子供だと思っていた息子が
私の心の中に、揺れ動く一筋の風を吹き起こし
今まで自分が抱えていた
怒りとか、憎しみとか・・・
悔いとか、後悔とか・・・
そう言うもの全てが
一寸の風と共に去り行く・・・。
だから、私はこう思う事にした・・・。

大切なものは、思い出となり、心の中へと残る為に
仮の姿で現れるのだと・・・

私は、そう言う考え方の変更をして見ようと思う。
我が子の必死な姿と、訴えを無駄にせぬ為に・・・

今は、幸福すぎる・・・

「終戦後・・・」

私の名前は、「八一（やいち）83歳」　老人
終戦直後、私達は喜びと絶望に浸り
数多くの残留物を見送りながら
今日まで生きて来た。
だから、今と言う時代は幸福な時代だと思う・・・。

当時は、仕事がキツイとか、辛いとか
そう言う言葉が出る事自体、ありえなかった・・・
睡眠不足を初めとして
ありとあらゆる苦難の上に今がある・・・

栄光、繁栄、富、名声・・・
それら全ては、昔から何も変わらず
人の中に根付き、欲望と共に一人歩きを行う・・・
その結果、飢えに涙する者とそうで無い者が現れ
戦地に赴かねばならぬ者と
そうでない者が存在する。

家族の為、友の為、我が子の為に
否応（いやおう）無しに、赴かされ

国家の為に戦う！

そう思う事で、生き残ろうと心に誓い
張り詰めた時の中で、偽善を振り回し
建前を用いて他の者を殺害する！

その結果、苦しみ、傷付き
なげく者の数のみ増加させ
悔いと後悔のみを残留物とし、残して行く。

「地に伏して、草を食べてでも生き残れ！」

この言葉を胸に、日本の勝利を望み、戦い続けるが
我が祖国が負けない限り、戦争は終わらない！
その事を知りながら
逆らえぬ非力な者達がいた・・・

終戦後、数多くの者達が
傷付きながら祖国へと足を踏み入れたが
原因不明の病気により、半数以上が
なんらかの後遺症を持ち
消えぬ傷を抱きながら生きる事となる・・・。

私達は、そんな時代を生きて来た。
だから、我が子には幸せになってもらいたいと望み
孫には、戦争の悲惨さを伝える・・・。
子世代、孫世代が、私達と同じ道を歩まぬ為に
各々（おのおの）が悔いと後悔を胸に抱きながら
辛い記憶を伝え行く・・・

2000年・・・
私は、こんな時代まで生き残れるとは
思ってもいなかった。
だから思うのかもしれない・・・。

今は、幸福すぎると・・・。

貧しい捕らえ方はしない方がいい・・・

「日常・・・」

毎日を、退屈（たいくつ）な日々にするのか
充実（じゅうじつ）した日々にするのかは
当人の自由だと思う・・・

私の名前は、「孝彦（たかひこ）47歳」
平穏（へいおん）な日々が続く世の中で
日常を退屈だと感じるのは、当たり前の捕らえ方を
しているからではないのだろうか？

退屈な時は、どう捕らえようと
ただ退屈なだけ・・・

そう捕らえる者が多い中で、何人の者達が
見落としがちな物事を自分なりに
捕らえ残す事が出来るのでしょうか？

私は、以前娘に言われた事があるのです・・・。
その言葉が、未だ心の中へと留まり続ける事で
新たな自分との出会いを結び付けようと
していた・・・

そう感じながら、当時の言葉を思い出す・・・。

ねぇ～お父さん・・・
昔、良く言ってた言葉を覚えてる？

確か、日曜日は休む為にあるって
そう言ってたよね？
でも、今考えて見ると、日曜日は思い出を作る為に
あったんじゃないかな？

年を重ねて行けば
徐々に体が動かなくなるじゃない？
そうなって来ると、思い出とか記憶とか
そう言ったもの全てが
残しにくくなるんだよね・・・。

これは、何処にも連れて行って貰えなかった
子供の愚痴だと、そう捕らえてくれてもいいけど
でもね・・・
貧しい捕らえ方だけは、して欲しく無いかな？

お父さん・・・
自分の体だけを大切にしている内は

何一つ行動に起こせないんだよ・・・

今、こうやって話をしている間にも
時は過ぎている・・
と言う事は
必然的に数多くの物事を見落としてしまうの。
その事にさえ気が付かないで
ただ漠然と時の中を歩いているだけ・・
そう考えるとね、自分が最優先の生き方、歩き方
じゃダメなんだなぁ〜って思うんだよね・・・。

だから
記憶に残る歩き方をしなきゃいけないんだと思う。
それは、決して簡単な事では無いけれど
いつかきっと・・・
過去を懐かしむ事が出来る自分と
出会えると思うよ・・・。

この一言が未だ消えない言葉として
私の心の中に留まり続けている・・・
しかし、留まらせるだけでは、何の意味も無い！

そう思えたからこそ

私は行動を起こし始めたのかも知れない・・
過去から現在までに培われて来た思考（しこう）を
用いて、創案（そうあん）と言う名の
旅路を整えながら新たな「歩み方」を
見付け出さなければならない・・・。

これから先の日常を
退屈な毎日として生きて行くか？
充実した日々として生き行くのか？
それは、今の私に掛かっているのだから・・・

誰かを見ていると
自分を見失うと思うから・・・

「進路・・・」

何も変わらない時間を求め
過ぎ行く時間を送り見る事で、今の自分を保つ・・

私の名前は、「久美子（くみこ）18歳」　学生
迫り来る卒業を前に、私達は夫々（それぞれ）の
進路を模索（もさく）していた・・
そんな中で、自分と友達との間に
距離が生まれ始めた事を知り
一人だけ取り残されて行く気がして不安だった・・

私が、そう感じ始めたのには理由があり
その引き金となった出来事が、進路相談だった・・。

とくに自分のやりたい事も見付けられず
進学すると言う進路を選択してしまった私は・・
進学組の一員となり
これと言って忙しい事も無く
就職組の姿を見て、罪悪感にかられていた・・

私の友達は、皆就職を希望し

面接だの、資料調達だのと言って
校内を駆け回り、毎日を惜（お）しむかの様に
過ごして行く・・・。

そんな友の姿を見て
自分の選択が間違っていたような
ただ親に甘えているだけのような
そんな、やりきれない思いに駆られ
自分は、皆のように真剣に前を見てはいないのだと
そう思っていた・・・。
そんな私に、友達が一言の言葉を発した・・・

久美ちゃん・・・
私思うんだけどね・・

皆と同じじゃなきゃダメなのかなぁ～？
そりゃ～、私達は就職を希望してるけど
でも、どれだけの生徒が就職出来ると思う？
たぶん、一握りの生徒だけだと思うよ・・・。

大半の生徒はね、就職浪人になるの・・・
皆、そんな事分かってて、それでも
自分を試したいって、そう思って

全力でやってるんだと思う。
だってさぁ〜、就職浪人になっちゃうと
悔いるじゃない？
あの時、進学してれば良かったって・・・
だから、今の皆は強く見えて当たり前なんだと思う。
でもね、一生懸命やって
前に進んでるように見える人達も
心の中では、他の子の方が真剣に前を見てるって
そう思ってるんじゃないかなぁ〜？

私ね、高校３年のこの時期は
皆が張り詰めた空気の中に居て
誰にも負けるか！ って、置いて行かれるか！ って
そう思いながら
必死に食らい付いて行く時期なんだと思う。

だからね、自分は皆とは違う道を歩むんだって
そう思う事にしたんだよ。
そうすればさぁ〜
自分なりの速度で歩けるじゃない？
私は・・そう捕らえたの・・・。

久美ちゃん・・・

皆に置いて行かれてるって・・思うよね。
だったらさ〜、私を見てればいいんじゃないかな？

私、不器用でしょ？
だからね、面接（めんせつ）が凄く苦手で
緊張して
言葉が上手く出て来ないって言うのかなぁ〜？
なんかね、頭の中が真っ白になるの・・・。
それでね、相手の質問に答えない時間が
長ければ長いほど、凄く威圧的な時間に変わるの。

その時間に耐えられなくなって、今直ぐにでも
逃げ出したいって、そう思い始めるんだよ・・・
でもね、その時に気が付いた事があるんだ・・・
それは、親がどれだけ苦労して来たのかって事なの。

これって、なんか変だよね？
でも、世間の荒波って言うのかなぁ〜
ぬくぬくとした学生生活とは違うの・・・。
技術、力量、語学、才能、資格・・・
それが全てなの。

だから私達は

必死になって食らい付いて行くんだと思う。
今、この現実から逃げる事は、凄く簡単な事だよ。
でもね、ココで逃げたら
学園生活全てが無駄になる気がするの。

卒業生が学ぶ最後の授業！
それが、逃げない強さを知る事なのです・・

なんてね・・・。
私、今真剣に前を向いてるでしょ？
それって、悔いてる証拠なんだよ・・・

久美ちゃん・・・
人は、何かに負けながら生きて行く・・・。
私はそう捕らえたよ・・・。

その言葉を聞いた時
私は自分自身の弱さと直面した・・。
愛だ恋だと、うつつを抜かしていた自分を初めとし
今が楽しければいいと言う考え方や
経験しなきゃ分からないと言う捕らえ方・・・。

そう言ったものが形となり

３年間と言う学園生活で
これ以上無い程の大差へと変わり行く・・・
その結果、自分らしさを
欠落させている事にさえ気付かないで
何食わぬ顔で、友達と接していた・・・
そう思うと
自分を恥じる事しか出来なくなってしまう・・。

誰かを見てる時間があるって事は
自分を見失う為の時間を持ってるって
事なんだ・・。

私は、今初めて実社会の厳しさと言うものを
知った・・・。
真剣に生きて行くと言う事は
自分に負けない事なんだと、そう思った・・・。

だから思うのかも知れない・・・。

一人一人の進路は、必ずしも
何処かの駅に繋がっている訳では無いのだと・・。

変わらぬ愛らしさ・・・

「姫百合（ひめゆり）の花・・・」

貴方の大切な花は・・・
僕が守ります・・・。

僕の名前は、「哲也（てつや）19歳」　大学１年生
今日も、朝日をまぶしいと感じ・・・
風を心地良いと感じ・・・
姫百合の花にありがとうの意を込める・・。
本日は、祖父の命日である・・・。

早朝９時15分・・・
墓地へ到着！　深々と一礼！
そして、祖父へ姫百合の花を届ける・・・。

じいちゃん、僕は大学生になりました。
来年は成人です。

今日は、貴方の命日なので
姫百合の花を持って来ました。
どうですか？
綺麗な花が咲いていますか？

先日、この花の花言葉を知りました・・・
姫百合の花は、「変わらぬ愛らしさ・・」と
言うのですね。
ならば、私は貴方の愛を、変わらぬ形として
この花に託そうと思います。

だから、来年もまた
ココで会いましょう・・・。

姫百合の花と共に・・・

嫁は愛（め）でてやるものだっ！

「伴侶（はんりょ）・・・」

共に時を送り見る事により
信頼し、絆を培う・・・。

私の名前は、「洋二（ようじ）55歳」　自営業
心の支えとして、存在する生涯（しょうがい）
の伴侶、それを妻と言い嫁と表現する事により
一礼を尽くし、明日への活力へと変えて行く・・・。

春も半ばに迫る頃、我が子が嫁を娶（めと）り
新たなる人生を歩み始めた・・・。
そんな中で、我が子が私に対し
ありがとうと言う一言の言葉を発した・・・。

父さん・・・
今までありがとう・・・。
俺は、父さん見たいに
誰かの上に立つ人間になりたい！
その為には、決して妥協はしない！

父さん・・・

昔、俺に言ってくれたよね？
嫁は愛でてやるものだって・・・
今の俺に、何処まで出来るか分からないけれど
それでも、出来るだけの事はしてやりたいと思う。

愛でると言う事はさぁ～
夫婦に課せられた試練なんだよね。
辛くて厳しい世の中で
大切な者を守り抜く為の試練・・・
だから、時が過ぎ行けば過ぎ行くだけ
難しくなって行く・・
そうだったよね・・・。

我が子の言葉に対し、笑みを零しながら
うなずいている自分の姿に気付き
心の奥から込み上げて来る、くすぐったい喜びと共
に頑張れ！　と声援を送っている私がいた・・・。
だから、心から祝福し、この言葉を贈る・・・

我が子へ・・・。
嫁を愛でると言う事は
人を邪険に扱わぬ事へと繋がる！
だから、嫁を大切にしている者の周りには

信頼できる仲間が数多く存在し
その者達一人一人の気持ちに共感し
親身になってやれる事！
それが、自分の生きて来た証へと変わり
自信へと繋がる・・・。

人の上に立つ者は、心情厚き者である事！
これは、私なりの考え方でしかないが
今から過去を振り返って見ても
間違っていたとは思わない！

だから、自信を持って生きて来た！
私は、そう言う人間だっ！
過去を悔いる時間があるのなら
家族の為に生きろ！
それが、親としての務めだっ！

心穏やかに、笑みを忘れず
生涯の伴侶と共に生きる事！
それが、嫁を愛でると言う事へと繋がる。
私は、そう思う・・・。

結婚すると言う事は、人生の墓場では無く

墓場への旅路なのだから・・・

それって、作り手の
自己満足なんじゃないの？

「作家・・・」

何かを説く事で、勇気を与え
何かを問う事で、傷付ける・・・。

僕の名前は、「孝（こう）26歳」　作家
文面を書き連（つら）ねる事により
自分は社会に貢献（こうけん）し、読者に何かを
与えているのだと、そう思っていた・・
しかし、それは作り手の自己満足に
過ぎなかった・・・

先日、知り合いに自分の作品を見せ、意見を求めた
時の事！
僕としては、何気なく「どうかな？」と
問ったのだが・・
彼女は、僕の問いに対し
予想外の答えを返して来た・・

その答えが的（まと）を得ていた為、心の中にある
柔らかい場所まで直通で届き、重苦しい痛みへと

変わり行く・・・
そして、その痛みが傷となる事で、引き金を引き
自分自身の信じるべき道を
疑う事へと繋がって行った・・・

孝ちゃん・・・
これってさぁ〜
作り手の自己満足なんじゃないの？

例えば、毎日時間に追われてる人が居たとして
その人がこの文面を見たとしても
ただの綺麗事にしか捕らえる事が出来ないんじゃ
ないかな？

私ね、思うんだけど・・・
人はさぁ〜、心のゆとりがあるから
綺麗なものを見て、綺麗だと感じられる訳でしょ？
だったら、心のゆとりが無い者にとって
孝ちゃんの書いている文面は
何の意味も無い
ただの紙クズになるんじゃないかなぁ〜？

作家ってさぁ〜、意見とか感想とか

そう言のを求めるじゃない？
でもそれって、何かを得た人が
書き手に対して、一礼を尽くした為の行動でしょ？
だったら、何一つ得る事の出来ない人は
別に何の感想も無いし、意見も無いのよ・・・。
だからね、私はそう言う人の気持ちを
考えて欲しいなぁ〜って思う。

ねぇ〜孝ちゃん・・・
作家になってから・・変わったね・・・。

この一言の言葉が、僕の人生を左右する程の
大きな葛藤へと変わり、数多くの人に迷惑を掛け
足手まといになりながら、今に至る・・・。

あの問いを問われた時から
僕は自信喪失へと陥った・・・
作家になった為に、変わってしまった・・・
そう言われて、初めて気が付いた事がある・・・。
それは、人の気持ちだった・・・。

僕は、作家になる為に、喜怒哀楽（きどあいらく）
と言う感情を押し殺し

辛い時でも、明るい文面を書いて来た・・・。
その結果、楽しい事とか、悔しい事とか
そう言うもの全てを見落としながら
ここまで来てしまった・・・。

だから、改めて自分と向き合い
嘘偽り無く、正直に文面を書かなければならない！

例え、今は理解できないとしても
僕の書いている文面は、いつか、きっと・・・
誰かの心の中に届く日が来ると
そう信じて、僕は文面を書き続けようと思う・・。

誰かの力になりたくて、作家になりたい！
そう願っていた頃の気持ちを、第一に考え
新たな面持ちと共に、作家道を歩く！

それが、例え傷になったとしても
僕は、何かを伝える一（いち）伝え手として
真剣に取り組まなければならない！

大切なのは、人の気持ちと
自分自身の気持ちなのだから・・・

殺戮の面影・・・

「不発弾・・・」

醜い争いの残留物として
今も悪魔が埋まっている・・・

私の名前は、「弥恵子（やえこ）83歳」　老人
この地に立つのは、何十年ぶりだろう・・・
私が、沖縄県の伊江島に居たのは
まだ戦争の面影が残っていた頃だった・・・

傷付き、負傷した者を始めとし
腐敗した建物や、黒く焦げた地面・・・
更に、冷ややかな風を運び来る防空壕・・・
それが、私の知っている、伊江島の姿だった・・。

しかし、今思うと、日本全土が伊江島のように
腐敗（ふはい）しきっていた・・・
私は、そんな昔の記憶に浸りながら
再びこの地へと、足を踏み入れ、そして
ある部隊を目にした・・
私が目にしたその部隊は・・・

陸上自衛隊、第101不発弾処理隊と言い
不発弾処理を専門とし、年間50トンとも言える
不発弾を撤去している・・・

しかし、この伊江島には
未だ数多くの不発弾が埋まっており
その不発弾が2700トンとも言われ
それを全て撤去するには、50年以上も
掛かると言う・・・

私達が、醜い争いを繰り広げた結果として
数多くの不発弾が、時代の残留物とし
残されている・・
それを知った時、争い事がいかに醜いものなのかと
言う事を、痛感させられたのです・・・

私達は、戦争の時代を生きて来た・・・・
そして、無責任な残留物のみを残し
死への旅路を整え、赴（おもむ）こうと
している・・・。

当時、私達が命を掛けてでも守りたかった者・・・
それが、子供達だった・・・・

なのに、今・・子供達が命を賭けて
爆弾処理を行っている・・
そう考えると、やりきれない思いで
心が苦しくなって行く・・・

「誰かがやらなければ・・・」

その言葉を胸に、労すら労（ねぎら）われず
日夜危険と隣り合わせに生きている者達がいた
そんな彼らの手により、回収された不発弾は
処理施設が無い為、彼ら自身の手で
爆破処理を行わなければならないと言う・・・

今、この日本が平和なのは、それを維持しようと
日夜危険と隣り合わせで戦う者達がいるからだと
言う事を、決して忘れてはいけないのです。

己の背中に死を背負う事で、人の幸せを望む・・・
そんな子供達がいた事を、誇りに思い・・・
彼らに、敬意を表す！

数多くの苦労をさせてしまい
今はただ悔いるのみ・・・

そんな私達だけど
心の中では「ありがとう」と・・
そう言い続けています・・・。

誰一人､負傷する事無く不発弾と向き合って下さい。
そして、人々の笑みと歓声を
その耳で聞き届けて欲しい。
それが、皆さんにとっての、労（ねぎら）いと
なる事を、心より祈っております・・・。

悲しい記憶は、時と共に
薄らいでいくもの・・・
楽しい記憶は、時と共に
消えてゆくもの・・・
想い出とは、過去の「アヤフヤな記憶」
の塊である・・・

「追憶・・・」

目先の恐怖に怯え、過去の記憶に逃げ込み
己の未来を見失った少女・・・

彼女の名は「美奈子（みなこ)」
現実に存在しない者に怯え
日々理性を失って行く・・・

そして、次第に彼女は
自分がなぜ生きているのか？
自分に生きる意味が有るのか？
と言う問いを、問い始める事となる・・・

自問自答を繰り返して行くと
答えが錯乱（さくらん）して行き
何が正しくて、何が間違っているのか
分からなくなって行く・・・

生まれてから、現在までに培って来た
自分と言う者が、「アヤフヤな記憶」の塊に思えて
ならない・・

そんな彼女も
次第に落ち着きを取り戻して行く・・・
それは、自問自答に答えが出始めたからだ・・・

自分が、何故生きているのか？
それは、幸せを探す為・・・

自分に生きる意味が有るのか？
それは、何処かに自分を必要としている人が
居るのなら、そこに答えが有る・・・
今現在
無理に出さなくていい答えも有るのだ・・・

そう、コレは彼女なりの考え方でしかない・・・
人は迷った時
必ず己に自問自答を始めると言う・・・
その時に、何人の者達が、己に満足の出来る答えを
出せるのだろうか？

答えを出し、その答えに「己を納得」させる為には
それ相応の「理屈」が必要になってくる・・・
それさえ出来れば
誰にでも答えは出せるのだ・・・

何気ない日常から迷い込む迷宮など
山程ある・・・
だからこそ、その様な事にならない為に
人は、幸せを追い求めて行くのだろう・・・

錯乱の果てには、生か死か？
この二つしか無いのだから・・・

長い間、忘れて居た気がするよ・・・

「外路地・・・」

何気ない事を楽しいと感じていたあの頃の
名残（なごり）が、今再び記憶となり
蘇（よみがえ）る・・

僕の名前は、「勝馬（かつま）28歳」　フリ～タ～
夏の暑い日に陽炎（かげろう）を見ると
昔の事を思い出してしまう・・・。

あれは
まだ僕が高校に入学したばかりの頃だった・・
幼い頃に戻って、バカな事がして見たくて
駄菓子屋で水風船を買って投げ合ったり
居るハズも無いのに、電柱にカブトムシが居るとか
言って、登った事があった・・・

だけど、その後降りる事が出来なくて
結局、何がしたかったのやらって
周りに居た仲間にそう言われて
笑い転げられたっけ・・・

そう思いながら、帰宅の旅路を歩んで居た僕の目に
映り込んだその光景は
懐かしい外路地の姿だった・・・

残って居るハズが無いと思っていた落書きが
未だ残っていて、皆でワイワイ騒ぎながら
悪戯書きをした事を思い出し、近所のおじさんに
怒られた事も思い出した・・・

今思うと、全てが懐かしい・・・
大人になると
過去を懐かしむ事が出来るんだなぁ〜って
そう思ったんだ・・・

だから、これからも自分の記憶に残る様な
そんな生き方をして行きたいと思う・・・

過去を懐かしむ事の出来る
そんな大人になる為に・・・

永遠に、思い出さないハズだった・・・

「記憶の残留・・・」

過去の記憶は、すべて消し去り
今の自分を誇る事で、己自身を取り留める・・

僕の名前は、「吉孝（よしたか）23歳」無職
幼い頃からずっと逃げ場が無くて、それを悔しいと
思う事さえ無く、一人ぼっちでいる事を
当たり前の様に捕らえて、寂しさとか、苦しさとか
そんな事を、考える時すらなかった・・・

ただ、時間が無駄に過ぎていて
毎日が今日の積み重ねで出来ている事さえ
疑っていた・・
そんな中で
当たり前の様に続いて行く夫婦ゲンカが
屈折した僕の瞳に映り込む・・・

当時４歳の終わり頃だっただろうか・・・
夫婦間のトラブルで
煮え切らない怒りを抱いた者が
僕を、とある山へと置き去りにした・・・

幼い我が子を、一時の煮え切らない怒りの為に
見殺しにするつもりだったのだろう・・・

それ以来、僕はいつか両親を殺してやろうと
そう心に誓い
毎日、殺意の眼差しと共に生きて来た・・
しかし、20歳を迎えた頃、僕の脳裏に

「いつでも殺（や）れる・・・」

と言う一言の言葉が浮かび上がり
過去から成人までに抱いて来た思いと
行動を起こす事すら
わずらわしく思えて来たのだ・・

もしも、僕が両親を殺していたなら
当時のバカ親２人よりも
更に劣（おと）る者として
生涯を生き行かねばならなかっただろう・・
そう思ったからこそ、留まる事が出来た・・・

外道を歩く者の一人として
道理と筋道は立てて行く・・・

そうでなければ、彼らと同じ大人に
なってしまうから・・・

大好きです。

「貴方へ・・・」

心と心を触れ合わす事で
お互いの気持ちや、温もりが伝わって来る・・

私の名前は、「夏江（なつえ）21歳」　服屋店員
大好きな貴方に会えない時間を長いと感じ
会えた時に感謝をする。
そして、メ～ルと言う名の手紙で距離を飛ばし
少しでも近くへ行きたいと願う・・・

お互いの気持ちを素直に語り、分からない事は
恥を覚悟で分からないと言う・・・
そんな毎日を送り、私達が再び出会った時
嘘偽り無く笑みを浮かべる事が出来ると
そう信じて、今日もメ～ルが飛び交う。

貴方の愛を、確かめるかのように・・・

そう言えば
最近見なくなったなぁ〜・・・

「飛行機雲（ひこうきぐも）・・・」

飛行機の音と共に、空を見上げる事で
目にする光景がある・・・

私の名前は、「秋男（あきお）57歳」
最近、孫を連れて外を歩くようになり
公園や駄菓子屋と言った、懐かしい場所へ
出向く事が多くなった・・・
そんな中、孫が私に問う・・・

おじいちゃん・・・
あれなぁ〜に？

何気ない質問に、空を見上げ、心穏やかになる。
そして、私が孫に教える・・・

あれはね、飛行機雲って言うんだよ。
勝（しょう）ちゃんは、飛行機雲が好きか？
勝ちゃんのお母さんは
飛行機雲が大好きだったぞ！

この言葉の後、孫は飛行機雲に釘付（くぎづ）けとなり、瞬（まばた）き一つぜず、口を「ポカ～ン」と開けたまま、空を見上げる・・・

その光景が可笑しくて
笑い出した私に気付き、孫が問う・・・

素直に答えてやれば良かったのだろうが
その問いは、私の心の中にのみ留まる事となる。
そして帰宅の旅路を辿るが、その間もずっと
孫が私に問い続ける・・

私が笑った理由・・・
それは、我が子がまだ幼かった頃・・・
私と共に
公園で一筋の飛行機雲を見た事があった・・・
その時の光景と、まったく同じ物を見てしまい
自然と笑みが零れてしまったのだっ・・・。

幼い娘が、小さな口を「ポカ～ン」と開けて
飛行機雲に釘付けになっていた・・・
その姿をいとおしいと感じる私が居て
その光景が孫の光景と重なってしまい

それが、声になっただけの事・・・

誰にも言えない、くすぐったい記憶だった・・・
おじいさんになるのも悪くないかな？　って
そう思った・・・

だから、これからは孫に色々と教えてあげられる
明るくて、優しいおじいさんを目指そうと思う。
それが、私の新たなる人生であり
第一歩へと変わるのだから・・・

進めども
決して変わる事無く咲き乱れ・・・
一寸の閃光と化す・・・

「桜花（おうか）・・・」

毎年、同じ光景である事に敬意を表し
背を張る事で
桜花の一路（いちろ）を辿（たど）る・・・

私の名前は、「孝彦（たかひこ）47歳」　失業者
人生の中間点まで来ると
皆様々な選択を迫られる・・。
私は、失業と言う名の旅路を歩まされ
リベンジと言う言葉を用いて
前を向き、真剣に歩こうと決意した・・・。

幼い頃から、ずっと変わらないまま
その姿を毎年のように見せてくれる
この桜並木は、数多くの者達の人生を
送り見て来た事だろう・・・。

老いたる我が父が、口癖のように言っていた
その言葉を思い出し、一層強い意志を用いて
桜花の一路を歩む・・・

孝彦・・・
公園に桜並木があるじゃろ・・・
あの桜並木はな、わしらの希望なんよ・・・
辛い時も楽しい時も、ずっと見送ってくれた・・・
そんな、ありがたい桜なんよ・・・

じゃけ〜の〜
あの桜並木を歩く時は、噛み締めて歩くんじゃ！
決してただの桜と思うな、あの桜は
わしらの心の支えなんじゃ・・・
何も無い時代に、桜が根強く立っとった・・・
わしは、その時思うたんよ・・・

この桜は、桜花の一路を辿る
一寸の閃光なんじゃとなっ・・・

孝彦・・・
毎年、この時期になると、桜花が咲き乱れるの〜
疲れ果てた皆の心に、優しく吹き乱れる・・・
そんな美しい桜花は、今年も咲いたか・・・

父は、毎年同じ言葉を繰り返し
北へ向かって、一礼を尽くす・・・

その光景を見る事で、あの桜並木が
父の世代にとって、どれだけ大切な場所なのかと
言う事を痛感させられたのです・・・。

桜花の一路・・・
その先には、大きな湖があり
その湖と真向（まむ）かい会う事で
人は、己の屈折した姿を、黙視する事となる・・・

そして、水面下に映し出される己は
偽善と言う名の皮を被り
何食わぬ顔で揺（ゆ）らめきながら
現れると言う・・・

私は、腐りきった己の姿を見る為・・・
本日、桜花の一路を歩む・・・

偽善と綺麗事に染められた
我が真意を清めるべく
背を張り、無心を用いて赴く・・・・

真意たる、己と共に・・・

心が苦しい・・・

「迷う心・・・」

己を押し殺し、迷う心を退け弾く事で
未来を黙視し、歩む事で真意となす！

私の名前は、「明衣（めい）27歳」　公務員
年を重ねる度に
人は成長し、苦悩の問いを巡らせる・・・
その問いが、時として、己を蝕（むしば）む程の
害となり、時に糧として、格段の思考力を持ち得る
事へと変わり行く・・・。

そう考える事で、自分一人だけが笑いながら
他の者を見下（みくだ）し
生きているのではないかと思い
疑問に駆られた時から、想う心のみが空回りし
迷う心へと変わり行く事で
私は自己不信へと陥った・・・

その結果、数日間に渡る葛藤を繰り広げる事となり
己を拘束（こうそく）し続ける事で、ある日を境に
突然自分の心が悲鳴を上げ始める・・・。

そして、抑えきれなくなった心と体が、重苦しい
苦悩と共に行く宛ても無く歩き回り
気が付くと、友の家を訪れていた・・・

どうしたんや？
なんか、いつもの明衣らしくないな～？

困っとる事でもあるんか？
それとも、ただ辛いだけか？
何でもええよ、俺で良かったら
話し相手になるで・・・

この一言の言葉により、心の箍（たが）が外れ
無意識の内に心情を語り始めている私がいた・・。

薫くん・・・
私ね、日に日に冷酷な人間になって行くの・・・。
最近ね、人の不幸を見ると、笑顔で笑いながら
軽はずみな共感をしたり、無責任に同情して
その場限りの偽りの言葉を掛けている私が
いるんだよ。
それでね、自分は良い事をしたんだって、そう思い
込んで、自分勝手に安らいで癒されて行くの・・。

今はまだ、誰かに危害を加えてはいないけど
でも、その内誰かに危害を加えそうで・・・
凄く怖い・・・

ねぇ〜薫くん・・・。
人は何故
困っている者を邪険に扱う事が出来るの？
苦しんでいる人を見下し
その場限りの共感をする事で無責任な言葉を残し
心に傷を与える事で、刃（やいば）となり
一撃の元に仕留（しと）める・・・。

これじゃ〜まるで、人間狩りじゃない！

薫くん、あのね・・・
私思うんだけど、貧乏な人はさぁ〜、食い積む事で
餓死（がし）するか、自害（じがい）するかの
選択しか残されていないじゃない？
でもそれって
もし誰か一人でも力を貸す事が出来たなら
取り留める事が出来た命なんだよね？

世の中にはさぁ〜、明日の生活さえも維持出来ない
そんな人が多いじゃない？
だけど、誰一人として
手を差し伸べようとはしないよね？
まるで、それが当たり前のように捕らえられていて
見て見ぬ振りをする事が、正当な行動だと思い込み
自分の中で割り切る事で、何事も無く平穏な日々を
過ごして行くの。

私ね、自分もその中の一人になっている事に
気が付いたんだよ。
困ってる人が居ても、ドケって、邪魔だって
そう言い放って、大手を振りながら、我が道を行き
人を邪険に扱う事で
自分勝手に生きようとする・・

ねぇ〜薫くん・・・
人を思いやる心を失った人は、どうすればいいの？
教えてよ・・・。
もうこれ以上考えてると、自分が変になりそうで
それが、凄く怖いの・・。

この一言の言葉に対し、真剣な眼差しで

彼は、こう言った・・・

明衣・・・
それは間違ってんで・・・。
人を思う心を欠落させた者が
そんなにボロボロになって、悩み込んで
苦しむ訳無いやんか！

明衣は、何にも変わってない！
それどころか、前よりももっと、真剣に人の事を
考え始めたんやと思うで・・・。

俺な、ようわかれへんけど・・・
例えば
明衣が貧（まず）しい生活してたとするやん？
そん時に
誰かに同情されたかて、嬉しく無いやろ？
それどころか、逆に悔しくなって、なんで自分だけ
がこんなめに遭わなあかんのかって！
そう思うハズなんよ・・・。

せやけど
確かに見て見ぬ振りしたらあかんわな・・・。

でもな、明衣も言うとったように・・・
無責任に同情されても、相手の悔しさを煽（あお）って傷付くだけやろ？
それって
お互いに辛いだけの結果に終わるんと違うかな？

明衣・・・
人を救うって事は
その人の重荷を背負うって事なんやで・・
せやからな、みんな人の重荷を背負えるだけの自信が無いよって、見て見ぬ振りするしか無いんやね…。

皆な、そんな事分かってんねん！
せやけど、心にゆとりが無い者にとって
誰かを助けるって事は、酷なんと違うか？

俺な、思うんやけど・・・
皆は、何もしてやれんから、せめて無責任な同情だけはせんとこうって、そう決めとんのと違うかな？
せやけど、その心が分からん者にとっては
何故？　どうして？　って
そう言う問いに変わってしまうんやね・・・。

まるで、世の中の人間全部が冷酷な人のように
思えて、誰も人の痛みを知らんのやって
そう錯覚（さっかく）してしまうんやと思う・・

せやけどな、考えてみ〜や！
貧しい者は、プライドを持って
誇り高く生きて来た人なんやで
そんな人にどの面下げて
手を差し伸べる事が出来る？

明衣・・・
人は人に同情される事を嫌うねんで!?
なんでか分かるか？
それはな、負け犬が！　って、そう言われてる
ように思うてしまうからなんよ・・・。

俺、バカやからよう分かれへんけど
人の力になれる者は、そんなに偉い人間なんか？
せやったら、その人間にとっての対象人物は
どんな人間やねん？

金持ってない奴か？
それとも、家の無い奴か？

リストラされて
家族を背負いながら生きとるもんの事なんか？
それとも、食い積む者の事か・・・

結局はな、誰かの力になりたいって
そんな曖昧（あいまい）な考え方やったら
誰も助けられんやろ？
さっき俺が言うた中に
明衣が助けたいって思う者がおんのんか？
もし、おんねやったら、俺が代わりに言うたるわ！

「いらんおせわや！」

身近な者を大切に出来ん奴が
どの面下げて人を助けられんねん？
せやろ？　違うか？

明衣・・・
本気で人のやくに立ちたいんやったら
チマチマやっとったらあかん！
もっと大きく行かな、な・・・。

友の言葉は痛く、自分がいかに曖昧な考え方を用いて錯乱していたのか？
それを、嫌と言う程思い知らされた・・・。
そして、悩み、苦しむ事で、人の力になれないと
思い込み、自分勝手に落ち込み
不幸のヒロインを演じる・・・。

それが、人の同情を買う為の行動だと知りつつ
私は、今の今まで、演じ続けていた・・・。
だから思うのかもしれない・・・

そんなくだらない事をしている時間があるのなら
一日でも早く、人の上に立ち、世に問う者として
旗を掲げ、強弱者（きょじゃくしゃ）の
糧になろうと・・・
そして、新たなる旅路を歩むべく
時の回廊へと赴く・・・

己が決意と
真意を用いて・・・

優しき女性・・・
我が妻へ・・・

「天翔る」

2000年９月・・・
妻が他界した・・・

私の名前は、「文太（ぶんた）60歳」
今、妻の葬儀が終わった・・・
しかし、何故か涙が出て来ない・・・
悲しいはずなのに・・・
何故・・・？

痛いとは、どんな感覚だった？
悲しいとは？
苦しいとは？

今の私には、何も感じる事が出来ない・・・
まるで、人形の様だっ！

ふと、周りを見回して見ると
リビングが広く感じる・・・
部屋の中では、時計の秒針だけが
刻一刻と、時を刻み続けている・・・

そう言えば
むかし妻と遺書を書いた事が有った・・
そう思い
私は遺書を読み返して見る事にした・・・
すると、遺書とは違う「もう一枚」の紙が
入っており、その紙は私宛ての手紙だった・・・

お父さん、体には気を付けて下さいねぇ。
貴方の口癖、覚えていますか？

これを読んでいると言う事は
私は死んだんですね。
ごめんなさい、お父さん・・・
でも、途中で死のうなんて思わないで下さいね。
もしそんな事したら
私・・迎えに行きませんからね。

これからも、お体に気を付けて
「貴方らしく」生きて行って下さい・・・。

妻より・・・

私は、この時初めて実感し「心が苦しかった～・・」
悲しいと言う感覚も、苦しいと言う感覚も
そして、痛いと言う感覚も・・・
何もかも全て思い出した・・・
私は、今・・この場で妻に誓う！

「私は、私らしく生きて行く事を・・・」

そして、私から妻へ、一言の言葉を贈る・・・

「天翔る、閃光の光に導かれ
我が妻に安らぎを・・・」

今までありがとう・・・
そしてさようなら・・・

私は、貴方と出会えた事や共に生きられた事を
生涯忘れずに生きて生きます・・・

再び、貴方に出会えると信じて・・・

手を繋いで行こう。

「姉妹（きょうだい）・・・」

私の名前は、「早苗（さなえ）13歳」中学生
半年前の私は、妹なんて大嫌いだった・・・
でも、今の私は妹が好き！
その切っ掛けとなる出来事は
１週間前に起こった・・・

いつものように、保育所に迎えに行くと
妹が笑顔で私を待っていた・・・
その光景が映像となり、心の中へと留まる事で
自然と笑みが零れる・・・・
そんな私に対し、妹が何気ない一言を放つ・・・

「おねぇ～ちゃん。」

心が温かくなるようで
何処からか優しさが込み上げて来る。
妹が私を必要としていて、私の居場所がココにある。
そう考えた時、嫌いだった妹を
嫌わなくなった自分が居る事に気が付いた・・・
そして、私が妹に声を掛ける・・・

「お待たせ、さぁ〜帰ろうか？」

その言葉の後、妹が私の足に抱き付き離れない・・
寂しかったのだろう・・・
そう思い、通いなれた道を共に歩いた・・

無邪気にはしゃぐ妹の手が、私の手より暖い・・・
そう感じた事は確かで
なんだか心が穏やかになって行く。
姉としての実感を感じ、少しだけ
大人になれた気がして、優しい気持ちに
なれた・・・

だから、これからも毎日・・・
手を繋いで帰ろうね。

戦場での「小さな絆」を胸に・・・・

「戦歌・・・」

私の名前は、「節男（せつお）81歳」
まだ私が戦地にいた頃・・・
戦場で死行く兵士を見つけた事があった・・・
その兵士は、痛みを堪えながら
目に苦やし涙を浮かべ、子守唄を歌っていた・・・

大切な思い出なのだろう・・・・

私は、その時初めて
死に行く者の姿を見た・・・
その直後
兵士が私に言って来た言葉が有った・・・

死にたくない!!
死ぬ訳にはいかない・・・
私には、私の帰りを待っている人がいる・・・
頼む、肩をかしてくれ・・・
私は生きて帰らなければいけないんだっ！

その言葉を聞いて

私には「断わる事」が出来なかった・・・
その者が死に行くと分かっていても
それでも、断われなかった・・・

どのくらい歩いただろう・・・
後方では、未だ銃撃戦が続いている・・・
私も死ぬかもしれない・・・
そう思った時
兵士の体がズン！　と重くなった・・・
私がそう感じた直後、彼は息を引き取ったのだ・・
生き残れなかった・・・

そう思うと、やりきれない思いで
心が張り裂けそうだった・・・

私は、横たわる彼の遺体を目にし
せめて、彼の意志だけは伝えてやろうと・・・
そう決意し、彼の服から一枚の写真と二通の電報を
預かる事にした・・・

その後も、数多くの死に行く者を見て来た・・・
そして私は、生き残った・・・
亡き一兵の意志を伝える為に・・・

あれから
数十年もの時間が掛かってしまったが・・
確かに伝えたぞっ！

「お前の気持ち・・・」

戦場で、見付けた小さな絆と大いなる意志・・・
無念の戦死を遂げた兵士の情景が
今も心の中に残っている・・

私は、良い友を持ったのかもしれない・・・
そう思えば思う程、この言葉が零れてしまう・・・

長い戦いは終戦を迎えた・・・
平和な世の中がやっと来たぞ・・・
私は、もう直ぐそちらへ行く・・・
その時に、また会おう・・・

生き残った者より・・・
生涯の戦友へ・・・

「ありがとうぐらいは、言って貰うぞ！」

懐かしい声・・・

「子守唄・・・・」

私の母は
良く子守唄を歌ってくれる人だった・・・
母の「優しい声」に耳を傾けると
深い眠りへと誘われて行く・・・

私の名前は、「春（はる）71歳」
この頃、よく昔の事を思い出す・・・
何をしたとか、誰がいたとか・・・
私の中にいる皆は、今も元気で、若くて
満面の笑みを浮べながら、微笑んでいる・・・
でも、それは「私の記憶の中」に残っているだけで
現実に存在している人は、「もう誰もいない・・・」

そんな時は
頭の中に「子守唄の曲」が流れて来る・・
懐かしい母の温もり・・・
優しい声、穏やかな微笑み
純粋で大らかな瞳・・・
そんな温かさを持つ女性が、一言の言葉を放ち
子守唄を歌ってくれた・・・

春ちゃん・・・
優しい女性になりなさい
人の痛みを分かってあげられる様な
そんな女性になるのよ。

もし、困っている人がいたら
必ず声を掛けてあげる事！
人に優しく出来る子は、皆に大切にされますからね

お母さんね、そう言う子が大好きなのよ
だから、春ちゃんも人に優しく接してあげられる
そんな温かい子になってね。

今でも忘れられない言葉・・・
そして、母との大切な思い出・・・

私は
いつも笑顔で人に優しく接して来たつもりです。
決して楽な道では無かったけれど・・・
少しずつ、年を重ねて来ました。
そんな私も、いつか貴方の元へ行く時が来ます。

貴方が言っていた、「優しい女性になりなさい！」
と言う言葉の意味が、この年になって
やっと分かって来ました。

優しい女性と言うのは
生涯「人の心の中」に残り続けるのですね。

貴方が、「私の心の中」に残っている様に、私も
「誰かの心の中」に残っているのでしょうか？

お母さん・・・
私は、優しい女の子でしたか？

もし、貴方が微笑んでくれるのなら
私も微笑みますね。

「優しい、貴方の為に・・・」

あとがき・・・

お題目　　「人の痛みを知って欲しい・・」

初めまして、私は作家志願者の
「橋本（はしもと）冬也（とうや)」と言います。
今回の作品は
私にとって初めての作品となる訳ですが
これが最初で
最後の作品になるかも知れません・・・。

理由は、今の私がまだプロの作家では無いからです。
ですので、この作品が最後の作品になったなら
その時は、私のような非力者は必要なかった・・・
と言う事になるでしょう・・・。

不良校出のバカが
一（いち）作家として作家道を歩く！
それが、私の成さねばならぬ事であり、また
亡き親友、橋本冬也の意思でもあるのです・・・。

私は、冬也の夢を叶えるべく・・・

ボロボロな体を引っさげて、今こうして
実社会と言う名の戦場に、名乗りを上げました・・

一年前の私は、精神が不安定で
精神障害の真っ只中におり
引き籠（こ）もり症を始めとし、うつ病
椎間板ヘルニア、思考の暴走
365日続く悪夢と言った感じで
ざっとあげて見ましたが
現在もまだ戦える状態ではありません。
ですが、人が日に日に自分勝手に生きて行こうと
しているのが、分かり始めたんです。

だから、私は伝え手として
物事の捕らえ方、人の考え方、意見！
心の面持ち、他の共感、真意！　真意の同情
喜怒哀楽　苦悩、錯乱、葛藤など
まだまだ数多くの物事を織り込んで行きたいと思い
それを皆さんに伝える事が出来ればと思いました。

ですので、半ば自己満足のような気がしますが
これからも、書き続けて行ければと思います。

今の私があるのは、私を支えてくれる仲間や
彼女のおかげだと、そう思っています。
現在6名の仲間が、私に力を貸してくれていますが
それに0を一つ加えて
60名以上もの仲間と出会いたいものです。
そして、そんな多い仲間と共に戦いたい！

私はそう思い
毎日色々な事を感じながら生きています。

今回の「あとがき」で伝えたい事は
別にあるのですがそれは
この本のタイトルが「ね。」なのは何故か？
と言う事についてなのです・・・。

では、「ね。」とは何か？
全ての語尾（ごび）に通用する言葉・・・
語り掛け、思いやり、問いなど
数多くの意味を含（ふく）んでいる言語！
それが、「ね。」なのです。

何でもそうですが、昔の人が残したものは
全て勉強になる教訓だったりしますよね？

だったら、私が残した書物や
皆さんの行（おこな）っておられる
仕事や、それによって培われた経験！

そう言ったものが、後生の者達にとっての
教訓となる訳ですね。

と言う事で
ココで一つ教訓を書いておこうかな・・・
これは、親友が言い放った一言を言葉に置き換えた
ものなのですが
皆さんに通用するのかどうか・・・
それは、皆さん自身の価値観で判断して下さい。

教訓・・・
「富と名声に惑わされる事なかれ・・・」
「全ての行動が
偽善に繋がっている事に気付くべし！」
「無意識の言語が
綺麗事である事を踏まえるなり！」

とまぁ～偉そうに書いちゃいましたが

この３点の教訓を言い残してこの世を去った男・・
それが、我（わ）が生涯（しょうがい）の親友
橋本冬也なのです。

無念のまま
この世を去り行かなければならなかった男の
信念を用いて、親友の名の元に
死にぞこないが立ち上がる！
そして、文面と言う手段を用いて、実社会に挑む！

とまぁ～、そんな勢いで初心を忘れず
これからも、文面を書き続けて行ければと思います。

以上を持ちまして
「あとがき」と変えさせて頂きます。

追記・・・

↓コレは、ＨＰ（ホ～ムペ～ジ）アドレスです。
http://www6.ocn.ne.jp/~bazuma/

橋本　冬也のＨＰ
ここでは
少し変わったものが見れるかも知れませんね。
真面目な文面と、不真面目な文面・・・
どちらも必要なものだと思い
同時進行で作っています。

何の事は無いＨＰですが
もし興味があれば見に来て下さい・・・。

最後まで読んで下さった皆様へ・・・
人の痛みに、心底共感してあげられる
そんな優しい人になって下さいね。

それでは・・・。

著者プロフィール

橋本 冬也（はしもと とうや）

1978年5月、広島県に生まれる。
広島県立神辺工業高等学校（情報科）卒業後、椎間板ヘルニアによる屈辱（くつじょく）の4年間を経（へ）た後、今回の作品を出版するに至った。

『ね。』

2001年10月15日　初版第1刷発行
2002年5月30日　初版第2刷発行

著　者　橋本 冬也
発行者　瓜谷 綱延
発行所　株式会社 文芸社
〒160-0022 東京都新宿区新宿1-10-1
電話 03-5369-3060（編集）
03-5369-2299（販売）
振替 00190-8-728265

印刷所　株式会社 フクイン

ISBN4-8355-2524-8 C0093